現代女性作家読本 ⑩

中沢けい

KEI NAKAZAWA

与那覇恵子 編

鼎書房

はじめに

二〇〇一年に、中国で、日本と中国の現代作家各十人ずつを収めた『中日女作家新作大系』（中国文聯出版）全二十巻が刊行されました。その日本方陣（日本側のシリーズ）に収められた十人の作家は、いずれも現代の日本を代表する作家であり、卒業論文などの対象にもなりつつありますが、同時代の、しかも旺盛な活躍を続けている作家であるが故に、その論評が纏められるようなことはなかなかありません。

そこで、日本方陣の日本側編集委員を務めた五人は、たとえ小さくとも、彼女たちを対象にした論考の最初の集成となるような本を纏めてみようと、現代女性作家の読本シリーズを企画した次第です。

短い論稿ということでかえって書きにくい依頼にお応えいただいた、シリーズ全体では延べ三〇〇人を超える執筆者の皆様に感謝申し上げるとともに、企画から刊行まで時間がかかってしまったこともあって、早くから稿をお寄せいただいた方に大変ご迷惑をおかけしてしまいましたことをお詫び申し上げます。

『中日女作家新作大系』に付された解説を再録した他は、すべて書き下ろしで構成していることに加え、若手の研究者にも多数参加して貰うことで、柔軟で刺激的な論稿を集められた本シリーズが、対象の当該女性作家研究にとどまらず、現代文学研究全体への新たな地平を切り拓くことの一助になれればと願っております。

現代女性作家読本編者一同

目次

目次

中沢けい

中沢けいの文学世界——与那覇恵子

中沢けいは一九七八年、女子高校生の身体性と異性体験を描いた「海を感じる時」（「群像」78・6）で群像新人賞を受賞し鮮烈なデビューを飾った。

選評で佐々木基一は〈作者が十八歳の高校生ということで、その若い年齢に引きずられて同情的に読んではいないか、という警戒心が、選考委員全員にあった〉と述べている。しかしこの作品は選考委員に概ね好評であった。吉行淳之介は〈十八歳の少女である作者が、その年齢の子宮感覚を描くとき、それは見事である。あるいは、少女がそういうことを書く時代になり、やがて女の秘密は女の側からしだいに瞭かにされてゆくかもしれない（?）という感慨があった〉と、二〇〇〇年代現在の、自己の性に真摯に向き合う十代・二十代女性作家の隆盛をも予感した発言を行なっている。佐多稲子は〈「私」と男、母親は、そのつながりの微妙さを、その微妙さにおいてとらえていて厭味がなかった〉〈気持のとらえ方や感覚の表現に、才能を感じた〉と、丸谷才一は〈傷はすこぶる多い〉が〈その魅力を否定することはわたしにはむづかしかった〉と語っている。最も評価したのは佐々木基一で〈母親も、自分からもとめて関係を持った年上の学生も、作者が一定の距離をおいて、冷静に眺めているので安心して読める。セックスを扱いながら、不潔感や、露出症的なあくどい描写が皆無なのもいい〉と絶賛した。

「海を感じる時」は父の急死により母子家庭となった母と娘の愛情関係が、作者と等身大に近い少女の視点から描かれていく。主人公〈私／中沢恵美子〉の父親は彼女が十二歳の時に亡くなった。夫の死後、男を欲望する身体を封じ込めてきた母の潔癖さは、娘に身体を触れられるのさえ嫌がるほどであった。そんな母との生活の中で〈私〉は〈動物が体と体をすりあわせるような、体温と体温の結びつき、ケダモノ的な愛情に飢えていた〉。そんな高校一年十六歳の時、新聞部の先輩で三年生の高野洋の〈好きじゃないけれど〉〈口づけ〉したいという重さを感じさせない自然の欲求とも思える口調に触発され、口づけを受け入れる。それは一種、母の潔癖さが〈未亡人〉を好奇の眼でみる世間への防衛だと分かっていても、〈私を時にやりきれない空虚な気持ち〉にさせてきたことへの反動ともいえる。子供との身体的な触れ合いさえも封じ込めている母への反撥と、家と学校生活の〈空虚な倦怠感〉から脱出したいという無意識が、切実でなくともその時〈私〉を必要としているように感じられた高野の口づけを受け入れさせたといえる。

〈自分の愛情〉の受け皿を求めていた〈私〉の意識はその後高野へと向かい、〈私〉の強引な要求として高野と肉体関係にいたる。しかしそこから〈私〉が〈子供を産んでみたい〉〈子供を育てたい〉と発想するのは、母が〈どんな思いで、私を産み育てたのだろうか〉ということを自身の身体で追体験することにより母と対等に向き合えるのではないかと考えるからだが、にもかかわらず〈私〉が本質的に求めているのは、あくまでも母の愛情なのである。だが母への〈私〉の思いはなかなか伝わらない。高野の卒業後も彼との惰性的な関係は続き、そして母の知るところとなる。〈弱味を見せない堅い防備〉を持って生きてきた母は〈自分の娘が男と肉体関係があるなどとは汚らわしい、考えただけでぞっとする、いやらしい、淫らだ〉と娘をなじる。何日も諍いが繰り返される中で、そんな〈俗っぽい、うす汚い言葉をはきつづける〉母の中に、〈私〉は女としての欲望を抑え込んで

《母》として生きてきた女の〈恨み〉を感受する。しかし〈私〉との諍い疲れた母が夢遊病者のように父親を求めて冬の海を見つめる姿に、〈私〉は自分の欲望とつながる母の《女性》を見てしまう。

母の中にも、私の中にも深い海があるのだと思う。太古から生物を生みだしてきた海があって、ある時、その海は母親と娘を遠ざけ、ひき裂く。母の海が涸れてしまうまで、それはつづく。（略）

海は暗く深い女たちの血にみちている。私は身体の一部として海を感じていた。

母親というだけで抑圧されてきた女の欲望。娘というだけで慎まなければならない女の欲望。女でありながら母は、自身も娘もその欲望（＝海）を発露させることは忌むべきだと考えてきた。〈私〉は母との葛藤を通して母にも自分にも〈身体の一部として海〉があること、欲望主体として在る《女》を感知するのである。

一般的範疇では少女と見做される年齢の女性の性的欲望が見据えられている『海を感じる時』は、作者の年齢や主人公である十六歳の少女の性体験という内容、中沢けいの本名が本田恵美子であったこと、作者の父も作者が十一歳の時に急死していることなど、私小説的に読まれる背景もあった（「現代の肖像　作家　中沢けい」「ＡＥＲＡ」95・4・25）。だが、主人公の自己の性と真摯に向き合う姿勢に共感する読者が多かったのであろう、単行本『海を感じる時』（講談社、78・6）は六十万部を越すベストセラーとなった。

ところで藤井貞和『物語の結婚』（創樹社、85・7）によると、源氏物語に登場する女性たちの初体験、すなわち平均結婚年齢は十六歳という。現代でも十六歳という年齢は法律的に認められた女性の結婚可能年齢となっている。十六歳という年齢は、女性の身体の中で少女性と女性性が交差する《時》なのかもしれない。〈汚らわしい〉〈淫ら〉と言われながらも〈私〉が一貫して〈私は純粋だった〉と主張し続けるのは、身体に忠実な女の性欲を肯定したい思いからであったといえるだろう。ちなみに堀田あけみ『アイコ16歳』（河出書房新社、81・11）、本城美智子『16歳のマリンブルー』（集英社、87・2）、山田詠美『蝶々の纒足』（河出書房新社、87・1）でも十六歳が少女の性の目醒めの時期として設定されている。それらの小説に性を〈汚い〉〈淫ら〉とする発想はなく、少女の確かな感覚として性は表現されている。「海を感じる時」を経て、少女の女性性は認知されていったといえるだろうか。

さらに『海を感じる時』には、性欲に対する女と男の意識の違いにも目が向けられている。〈私〉は〈私〉の欲望の在り処を高野にも分かって欲しいのだが、高野は性欲を抑えられない男の欲望の犠牲になっていると〈私〉の行為を捉え、〈私〉との関係に後ろめたさを持っている。それは欲望主体としての女の存在を容認できない男の意識の表れともいえよう。二人の齟齬も性意識の相違に起因している。性に関する男女の非対称性を、中沢は初期作品において繰り返し描いていく。

「野ぶどうを摘む」（「群像」88・1）では、母や高野との葛藤を含む「海を感じる時」のテーマを継承しつつ世間の認識する男女の性の相違を見据える。高野に〈あなたのことを好きだったわけではない〉〈女の人の身体に興味があったんだ〉と言われながらも、〈私〉が彼にまといつくのは〈私〉の中の女性性が男に付属するだけのものではないことを自分自身認識したいからであろう。高野との関係から「野ぶどうを摘む」の久枝（恵美子にあたる）は、男の子たちに下着をおろされた（おそらく性器を見られた）出来事の結果、小学校を転校させられた体験を思い出す。うまく言葉にはできなかったけれど、その処置を彼女はずっと理不尽に感じてきた。大人たちのやり方は彼女に、女の身体に過剰に反応する子供も含めた男性や大人の女性に対する反発の意識を植え付けたといえようか。このエピソードは繰り返し初期の中沢作品に登場する。

〈私〉の意思に関わりなく見られるもう一人の〈私〉の存在。〈私〉は男によって決定づけられる〈私〉の性に納得できない。それは初体験で〈身体に触れてもらったのがうれしかったのに〉〈汚そうに見た〉高志への憤りにも通底する。特別な思い入れのない高志との初めてのキス、付き合い始めてからの〈久枝は高志を今すぐにも欲しいと思った〉という感情など、そこで表現されているのは男にも女にもある性への単なる好奇心や欲望であるが、女性の場合は〈薄ぎたない〉と見られるのである。

世間の規範と対立する性意識を抱えた若い三人の女性の生活を描いたのが『女ともだち』（河出書房新社、81・11）である。恵美子、久枝と相似的な関係にある〈私〉は、大学の夜間部の三年生。文学賞を受賞して小説が出版され収入が入り、現在は仕事も辞め、高志との付き合いもやめ、一人暮らしである。そんな〈私〉のもとに高校の下級生で大学一年の谷里隆子が現れる。そして隆子の好奇心から近づき友人となった映画館でアルバイトをしながらモデルを目指している中村とき子。恵美子は小学生の頃の体験、隆子は高校時代の中絶の噂、とき子は十五歳の頃にポルノ風の映画に出たこと、三人には世間が求める少女の性に対する逸脱があった。この小説には他人の眼には奔放に映る生と自己認識のはざまで揺れる少女たちの苦悩が、日常生活の細部を通して描かれていく。フェミニズム的なジェンダー認識からではなく、自身の身体の感覚と社会がまなざす視線との違和感が男女の非対称性を暴いていくのである。

かつての男との距離をきちんと取ろうとする「雪のはら」（「群像」81・10）や、妊娠して中絶した後の、男との接触とは無関係に自己の身体を愛しむ「手のひらの桃」（「群像」82・12）など、短編集『ひとりでいるよ　一羽の鳥が』（講談社、83・6）には、自己の生感覚にきちんと向き合う、そして他者の視線を跳ね返す強さを獲得しつつある女性が描写されている。野間文芸新人賞を受賞した『水平線上にて』（講談社、85・4）は、「海を感じる時」以来のモチーフの総決算ともいうべき作品である。創作合評で田久保英夫は書き手の性別には拘らなかったけれど〈僕のような男の書き手が書いたんではちょっと出ない女の体の感覚とか、体に呼応する心のあり方というものを、まるで体内のひそやかな暗い空間へ導かれるような気持ちで読んだ〉（「群像」85・2）と、語っている。十六歳の秋から二十歳の夏の終わりにかけての和泉晶子という〈女性の内部の空間〉を男との意識のズレを通して描いたこの作品は、他者にまなざされる〈崇高〉でも〈自堕落〉でもない一人の女性の生理、欲望といった身体感覚が、主人公自身もたじろぐ感覚として表出されている。

中沢けいの小説は、川村二郎が〈風土の印象のこまやかさ〉（「解説」『海を感じる時』講談社文庫、84・6）を、勝又浩が『水平線上にて』を〈風景小説、女主人公と彼女をとりまく自然との交感、交信の物語なのだ〉（「書評」「群像」85・7）と、指摘しているように自然描写が多用される。そしてその自然は人間の感覚と分かちがたく結びついている。「海を感じる時」での若い男女の肉体的には近いが精神的には遠い距離は〈アスファルトが、硬い表情で雨水を流している海岸道路は、白黒写真のように色を感じさせるものがない〉と表現され、『水平線上にて』での未来に向かおうとする女性の決意は〈開け放たれた窓から汗の匂いにも似た山の匂いが流れ込んだ。深い、和泉は山の深さを匂いで嗅ぎ分けた〉と表現される。

風景と感覚を一致させようとする文体は、たとえば「うすべにの季節」（「海」83・3）では、対立する母と娘を描きながらその同質性をあぶり出す。

　澱み汚れた海でも、海面を渡ってきた風は快い。窓辺の二人は押し黙っている。達子の吐く息の音を追いかけるように、君枝が息を吐き、二人同時に海の異臭が混じった空気を吸う。二人の呼吸は追いかけあい、かさなり、高く低く耳をついた。

「アジアンタム」（「海」84・1）での〈すっかり闇に包まれて暗い庭の江木の身体は輪郭を失い、広くどこまでも続いている気がした。浩一自身の体温であたたまった砂さえ、輪郭を失った江木の身体の一部かもしれない〉という記述は、〈どちらが主体でも対象でもない、主体のうちに対象が宿っているような、対象のうちに主体が宿っているような視点と文体（それは、互いが互いを宿しあう「性という関係」の隠喩）〉（近藤裕子「作家案内―中沢けいという文体」『海を感じる時・水平線上にて』講談社文芸文庫、95・3）獲得への第一歩であった。

　短編集『静謐の日』（福武書店、86・9）や『曇り日を』（福武書店、88・12）では、他者との同一性を表現する文体は逆にその不一致を抱え込んで鈴木貞美が指摘するように〈日常の存在感覚の歪みやズレ、あるいは、認識の境界線の歪みやズレ〉を〈表現の対象とした記述〉（「中沢けい論」「文芸」86・12）の模索へと向かっていく。千石英世は「顔の燈り」（「群像」85・7）におけるフルネームと〈私〉の消失に文体の転換点を指摘し（「小説の不倫」「群像」88・4、『異性文学論』ミネルヴァ書房、04・8所収）、このような中沢けいの文体を評価しつつも時に〈通読するのに難渋を強いられる〉（「今月の文芸書」「文学界」93・9）とも語っている。人称名の省略によって自己と他者の境界を融解させようとする方法（「顔の燈り」）や、一人の女の内面を二人の女性の断片を並列的に置くことで主体の曖昧さを表現する試み（「静謐の日」「海燕」86・7）、一つのセンテンスの中で二人の話者が語っているような語り（「曇り日を」「海燕」88・1）など、どれも日本語表現の可能性を拓いた試みとして評価すべきものである。

　自他の境界が崩れていくような朧化した世界や細部は明確なのに全体は不明瞭な世界は、一人暮らしの若い女性の内面を匂いや声といった気配で捉えた『喫水』（集英社、88・5）、東京近郊の拡散する風景とたゆたう女性の意識の流れを断続的に描いた『首都圏』（集英社、91・9）、意識の発動を現在と過去の記憶が融合するような感覚で描出した『仮寝』（講談社、93・6）、意識と感覚の乖離を男女の関係の中に描写した『夜程』（日本文芸社、95・3）や『豆畑の夜』（講談社、95・6）、登場人物の恋愛と併置して不明な話者の文学論や恋愛論が展開される『豆畑の昼』(講談社、99・4)などにも認められる。

ところで、さまざまな文体模索と相俟って卓越した感覚描写も中沢けいの持ち味である。房総半島を舞台にした『豆畑の昼』からは匂いや音、光や風、色彩が確かな存在として伝わってくる。近藤裕子は中沢けいの嗅覚表現に関して〈単に対象物が発する実態としての匂いをとらえるにとどまらず、自己と対象とのかかわりを比喩的にとらえたり、あるいは対象の輪郭を食い破ってその内部へ内部へと分け入ろうとしたりする〉(前述「作家案内」)と述べているが、それはすべての感覚描写に共通する。短編集『さくらささくれ』(講談社、99・11)には、視覚、嗅覚、聴覚に敏感な主人公たちを通して、彼らの生きてきた時間が日常の些細な光景の中に捉えられていく。

「宵の春」(「新潮」95・1)は十年もの間、無意識の中で主人公を呪縛し続けてきたものの正体を《眼》が気づくという趣向である。夢の中で見た〈あの人の顔〉が、現在の自分の置かれている状況にふと目を向けさせるきっかけとなり、五年振りに田舎から東京に出た主人公はひかれるように入った喫茶店で〈似過ぎた後姿〉に出会う。別人であることを認識しながら〈空似がひき起こした身体の不意のざわめき〉は、結婚もせずにきた主人公の十年を鮮やか浮かび上がらせる。

「母の鼻孔」(「波」97・2)は匂いに喚起される女のエロスを、祖母・母・娘三代につながる匂いの感受として鮮やかに描く。五感の中でも最も野性的な機能であると言われる嗅覚は、それゆえに官能と最も結びつきやすい器官ともなる。匂いが呼び覚ます身体の官能は〈夏の夜の潮の匂いと草の匂いが鼻孔から全身に入り込み、血管や神経の中で機嫌よく震えていた〉と表現され、その清冽な感覚は〈雨の匂いがする〉と語る十二歳の娘にも、母につながる鼻孔感覚として継承される。『海を感じる時』以来書き続けられてきた母と娘、女のエロスは、風の匂い、雨の匂いという不確かな気配の確かな感受を読者にもたらす。

「カラオケ流刑地」(「文学界」97・1)は火曜日ごとに一人でカラオケボックスに通う会社員を通して都市で働く人間の孤独を描出する。カラオケボックスは歌う所であって聴く所ではなくなった。その場所は感情を語ることがなくなった、つまり人の内面の声を聴くことがなくなった巨大ビルで働く人々の働く場と重なる。一人、カラオケボックスで自分の声に耳を傾けている女性の姿は、他者のいない荒野に佇む人間の孤独を象徴的に表現する。声は他者に向かうことなく自身の中を通り過ぎるだけである。

「さくらさざくれ」(「海燕」95・7)は作者らしき人物の体験をエピソードの断片として綴りながら、視覚、嗅覚、聴覚を感受する感覚体として《自己》を定立しようとした小説である。聴いた言葉、見たもの、嗅いだ匂い、つまり何らかの外部との接触、〈ささくれ〉のような小さなさざなみから〈私〉の意識は生れる。曖昧に拡散しているような〈意識〉の様態が見事に表現されている。『さくらさざくれ』は彫琢された文章の妙味を湛えた読むことの楽しみを味わわせてくれる作品集である。

一九九九年から二〇〇〇年にかけて地方六社の新聞に連載された『楽隊のうさぎ』(新潮社、00・6)では中学生の男の子を主人公にして、個人を主張することが全体の調和にもなるという個と集団の理想的な関係が紡がれていく。

この小説は小学校でいじめられ〈何も考えないこと。何も感じないこと〉、つまり他人に心を閉ざすことで身を守る知恵を身につけた克久が、中学の吹奏楽部に入って少しずつ周りと馴染み変化していく様相を綴る。周りを団地とマンションに囲まれた公園に棲む臆病なうさぎのように〈息をころして、耳を澄まして〉周囲の状況をうかがい、自分の場所を獲得していくのである。心にうさぎが棲みつくようになった彼は、表層的に話される言葉の嘘を見抜き、表情、しぐさ、話すときの声のトーン、全体の気配といった目に見えない感触を感受することで何が自分にとって大事なのかを認識し、自分の場を得ていく。それはまた吹奏楽部の顧問である〈ベンちゃん〉先生が職員室に居ながら、皆のそれぞれの楽器の音を聴いてその悪い点に気づくことと重なる。ベンちゃんは〈息をころして、耳を澄まして〉全員の状態を把握し、練習で的確にその箇所を指示するのだ。

いじめや心の傷を抱えた中学生が小説のテーマとなる状況において、中沢けいは逆に〈何らかの技芸を通して、人間の生活には豊饒な精神の世界があることを発見している〉（「伸び盛りの輝き」「波」00・7）子供たちを描くことで、現代に生きる子供たちの肯定的な面を提示したかったという。一人ひとりがそれぞれの楽器で個性を主張しながらバンド全体としては調和がとれているという、最後の演奏の場面は素晴らしい輝きを放っている。中沢けいの小説に新たな一歩を記した作品である。

（東洋英和女学院大学教授）

付記

なお、本稿は、川村湊・唐月梅監修、原善・許金龍主編、清水良典・高根沢紀子・藤井久子・与那覇恵子・栄勝・王中忱・笠家栄・楊偉編『中日女性家新作体系・日本方陣』（中国文聯出版社、01・9）全十巻のうち、『中沢けい集』の解説に、若干補筆したものである。

「海を感じる時」——語り始めた少女の彷徨う言葉——高橋重美

年上の男子生徒との性関係・母との確執・早世した父への思いという三つのモチーフを、視点や設定を変えながら繰り返す中沢けいの初期作品の中で、「水平線上にて」(85)は、長編という形態とそれまでとは一線を画す特異な文体とで集大成的な位置にある。特に語るにつれて冗長になる描写は、あたかも対象を置き去りにして言葉それ自身が息づいているかのようだ。

ぼんやりと頬づえをついて唇を半開きにしていると、ぽってりと丸い下唇が若葉に染まりそうな春だった。目を閉じれば戸外の明るさが瞼の裏に残り、身体の中で滴り落ちる欲求の雫《しずく》の音が響いた。(注1)世界が真っ赤に燃え上がる。身体の外にある青や緑は目を開いていた時より数倍巨大になっているのではないかと見開けば、紺碧の海へ州崎が黙々と突き出されていて、もの音のかけらもなく来たばかりの夏をむかえていた。(注2)

語り手の視線と主人公の身体感覚が言葉の上で何の抵抗もなく交錯する様はあまりに大胆で、猥りがわしくさえ感じられる。こんな、自他や主客の区分を溶解し対象を埒外に放り出すような言葉の形をどこかで見たと思ったら、それは吉屋信子の『花物語』だった。

それは——月見草が淡黄《うすき》の葩《ひら》を顫《ふる》わせて、かぼそい愁《うれ》いを含んだあるかなきかの匂いを仄かに浮かばせた窓によって佳《よ》き人の襟もとに匂うブローチのように、夕星《ゆうずつ》がひとつ、うす紫の空に瞬《また》いている宵でしたの、おゆうさんのまだ見ぬ（ながさき）の悲しい物語を、私が聞いたのは――（注3）

十八歳で女子高生の性体験を描き、以後冷静な観察力と鋭い感性で女の性や生理を追究したと言われる現代女性作家と、甘く華麗な美文であまたの少女を熱狂させた戦前少女小説のカリスマとでは、こじつけといわれても仕方がない。だが、それでも敢えて二つの共通点を探るとしたら、それは両者が共に少女の自己語りへの欲望を反映していることだろう。『花物語』の美文を少女の境界性と結びつけ、「浮遊」というキーワードで語ったのは本田和子だったが、それは本田の言うような少女の身体リズムと結びつく前に（注4）、制度化したジェンダーの下で近代的主体という物語から拒まれた少女の社会的な位置と関係している。語るものではなく語られるものとされた少女にとって、言葉はあからさまに他者のものであるだけでなく、その他者の言葉を引き受けることだけが少女を〈少女〉とする以上、自らを語ろうとする少女は必然的に他者の言葉に自己を奪われる形でしか自分を語れない。そうした少女にとって、『花物語』の過剰な美文がもたらす主客の癒着は、言葉の対象を意味として同定する機能そのものを不全化する戦略的側面を確かに持っている。

「水平線上にて」の文体も、それをデビュー作「海を感じる時」（78）以来の同一テーマ追究の帰結とするならば、『花物語』と同質の戦略と見ることが出来る。というのも、始発点としての「海を感じる時」には、「表現力の確かさ」（注5）が評価されているにも拘らず、〈主体的な言葉〉の不在が随所に読み取れるからだ。

この作品は発表当初から「清新」「鮮烈」などの言葉で形容されることが多いのだが、改めて読んでみると意外に通俗的なイメージに満ちている。初めてキスした日の放課後、喫茶店で高野洋と会う場面に岩崎宏美の「ロマンス」が流れるのは勿論、「私（中沢恵美子）」が離れようとする高野に向けて発する言葉（「あたし、あなたが欲しいと思うなら、それでいいんです。少しでもあたしを必要としてくれるなら身体でも」）は、どう見ても山口百恵の「青い果実」のリフレイン（「あなたが望むなら　私何をされてもいいわ」）だし、高野からの同棲の提案を拒否しつつ「私」が夢想する高野との生活（「私は本を読み、洋は絵をかく。私は彼の前で、ヌードでポーズをとってスケッチされる」）は、四畳半フォークか青年劇画だ。また、これらほどはっきりしてはいないが、欲望に負ける以前の高野の妙な説教臭さ（「中沢くん、作品の言葉はちゃんと吟味しなければいけないんだ。」）は、西谷祥子の学園少女マンガに出てくるクラスのヒーロー的少年を髣髴とさせる。つまり「海を感じる時」のディテールは、六〇年代末から七〇年代初頭の若者文化のメディア的イメージに支えられているのだ。勿論「私」自身それらの言葉とのズレを意識しているように書かれてはいるが、これらを〈少女〉の言葉という点から眺めた場合（作中人物としての「私」は十六歳、語り手の「私」は十八歳、書き手の中沢は発表当時十八歳）、重要なのは、ズレを意識しながらも実際に使われる言葉はメディアの手垢にまみれた既成の表現である、ということだ。

　少女マンガにおける二十四年組の出現に代表されるように、七〇年代は〈少女が語り始めた時代〉だった。制度にきっちりと囲い込まれ、また囲い込まれることで〈少女〉たり得ていたもの達が、自ら語りだすことによって制度を揺さぶり始めた時代。しかも『花物語』が、恐らくは書き手・吉屋の少女への愛着ゆえに、却って制度を補強するように機能してしまったのに対し、七〇年代の少女たちは、少女にとっての最大の禁忌である性を対象化することで正面から制度を突いた。その結果彼女たちは自分たちの足場であった〈少女〉をも解体してしまったのだが、[注6] こと性を対象として語ろうとした少女の場合、どのようなことが起こったか。少女を語る言葉から性が排除された社会では、少女の性はないものであり、「好き」とか「愛」とかの似て非なるものに置き換えられるか、他者の欲望（「あなたが欲しいと思うなら」）としてしか語られない。少女の性や身体は常に取りこぼされ、何よりもそれらを取り戻そうと口を開いた少女自身が、その言葉＝対象の不在に戸惑い、結局は安易な既成のイメージに引きずられてしまったのではないか。

「海を感じる時」は、そうした少女の体当たり的な試みが、検証や調整を経ないまま語り手や書き手とも共有されて定着された作品のように思う。その不在へのジレンマは、内容的には「空白の部分」（81）や「うすべにの季節」（83）での別の視点からの解釈を経て、「水平線上にて」で再び少女の視点に立ち戻り、自分の性を語りたいという不可能な望み自体を語ることで一応の決着を見る。しかしそれも厳密には「十六歳の時のたった一晩」に拘る、最早少女ではないものの視点や言葉であって、少女自身の言葉の空白は、逡巡する沈黙と諍いのノイズという形で残っている。しかしだからこそ、感覚が対象を浸潤し覆い尽す文体は、そのような状況に対する根本的なアプローチの変換として少女語りの系譜に連なることが出来るのであり、同時にその言葉への居直りがこれ以後の中沢けいの作家活動へと繋がることを考えると、そこには女が語るということの根本的な意味が含まれているようで、興味深いのである。

（日本文学研究者）

注1　講談社文芸文庫『海を感じる時・水平線上にて』（講談社、一九九五）p.127
2　同1　p.192　以下「海を感じる時」「水平線上にて」の本文引用は、全て講談社文芸文庫版による。
3　『吉屋信子全集1　花物語　屋根裏の二処女』（朝日新聞社、昭和50）p.13
4　本田和子『異文化としての子ども』（紀伊国屋書店、一九八二）参照
5　近藤裕子「作家ガイド　中沢けい」（『女性作家シリーズ22　中沢けい／多和田葉子／荻野アンナ／小川洋子』角川書店、平成10）
6　その後の少女表象の在り様から「解体」は言いすぎだというのなら、少なくとも表象を一度ゼロ地点に戻したというべきか。

聖なる海の音――中上 紀

中沢けい『海を感じる時』を読みながら、小学校の保健の授業で、子宮は赤ちゃんの部屋で血はベッドだ、と教わったことを思い出していた。女子ばかりが集められた家庭科室で、赤ちゃんのベッドである子宮の〝血〟は、受精が行われないと一ヶ月ぐらいで古くなり排出される、そのプロセスが生理であると話されたのだが、授業の最中、ずっと、奇妙な思いに包まれていた。自分の中にもやがて、新しい命を育むための〝ベッド〟が作られるということも不思議だったが、そのある種の神聖な存在が古くなると一転して〝いらないもの〟としてトイレや汚物入れに捨てられる不浄な存在になり果てることは、もっと不思議だった。実際に生理痛や、その処置のわずらわしさを経験するようになると少しは思い直すこともあったが、やはり、女性の生理における浄と不浄あるいは聖と俗の境界線はどこにあるのだろう、とは今でも思う。

本著『海を感じる時』にも、保健の授業のことが出てくる。

〈「あの前はあぶないんじゃないの」「次の予定の十九日前から十二日前からがいけないのよ」「俺、かんけいないなんて思ってたから、保健の授業なんて忘れちゃったよ」「確かだと思うわ。昨日、教科書を見直しておいたから」〉

主人公である〈私〉こと恵美子は、初体験を前にして、相手の男に女性の生理を当たり前の機能の一部として淡々と話す。だが、高校生の彼女にとって、赤ん坊と生理は、頭で理解してはいても、感覚的に結びつけるのが難しいことだった。

〈スライドにはやたら元気そうな赤ちゃんばかりが映し出され、子宮があることがくりかえされたが、子宮と外界がどうつながっているのかは説明されなかった〉

子宮と外界がつながる場所。この物語において恵美子が探し、そしてやがて一人立ちつくすのは、その清らかにして穢れた場所である。そこには、生理があり、性の営みがあり、出産がある。そして、ドロドロとした、男と女あるいは親と子のさまざまな事も詰まっている。そこから顔を背けることは出来ても、逃げることは絶対に出来ない。なぜなら、子宮という器官を体内に有する女であれば、いつかは立たざるを得ない場所だからだ。ならば、そこに立った彼女は、どこへ行くのだろう。

この物語は、ある地方の小さな海辺の町で、無気力で停滞したような高校生活を送っていた恵美子が受ける、二つ年上の先輩である高野からのいきなりの口づけで、すべてがはじまっている。

〈私は、自分の中で血の流れが鈍り、鮮やかな色が鉄サビよりも水気を失う色になっていくのを感じる〉

恵美子は主人公であると同時にこの物語の語り部でもあるのだが、自分のことを語る口調はどこか覚めたものだ。しかし、高野による口づけは、彼女の中に、何かが流れはじめた瞬間でもあった。それは、女としての〝血〟の流れである。

口づけのあと、彼女は高野に、前から好きだったんです、と言いながらも、「高野さんでなくとも、口づけをしたであろう自分を認識」する。普通なら驚き戸惑い、これから恋がはじまるのか否かと悩んだりするのだろうが、恵美子はまるで待っていたかのように、高野との関係に飛び込む。その潔さを、ひとえに彼女が早熟であるせいだと言ってしまうのは簡単であるが、しかし、仮に彼女が長い間の澱みから解き放たれ、やっと流れ出しはじめた〝血〟に忠実になることのみを、求めたのだとしたらどうか。

〈あたし、あなたが欲しいと思うなら、それでいいんです。少しでもあたしを必要としてくれるなら身体でも〉

恵美子は、日が経つにつれて徐々に高野に執着するようになっていく。けれどもそれは、性への興味や欲望などとは別のところにある、彼女が真に欲するものの存在ゆえであることが、物語のところどころに織り込まれた彼女の生い立ちからわかってくる。

母一人子一人で育った恵美子は、理知的でクールな母の姿を前に寂しさを感じていた。会わないほうがいい、と言いながらも肉体的な衝動を抑えきれない高野を好きだと思い、求めに応じるのは、身体を重ねるたびにその存在を誇示する子宮の中に、母から得られなかった抱いたり頬ずりしたりする行為の対象として〝肉の塊〟を育みたいという欲求が芽生え始めたからである。

その母親との関係こそが、本著を貫くもう一つの重要な軸となっている。恵美子は母親から愛情を受けていなかったわけではない。母にもまた、女手一つだからこそきちんとした人間に娘を育てたいという思いや意地があった。男に頼って生きる女ではなく、自立し、仕事を持ち、地に足の着いた強い女になってほしいと願っていた。

この母は、姑との確執や、早くに世を去った夫への愛憎などが混ざり合う中、がむしゃらに前だけを見て生きていた人である。恵美子はそれを理解するには幼すぎたというより、本当は充分理解していながらも、心に吹く風を止める穴を埋める術が見つからないまま成長するしかなく、そしてある日唐突に自分の中に存在する女の性に気づいてしまった。母親の願い通り自立した女になりたいと思う一方で、こまごまと男の世話をしたいとも思う自分が顔を出し始めて戸惑う。それは同時に、母親も〝女〟であるということに気づいた瞬間でもあった。

私は、母親になかなか初潮がはじまったことを伝えることが出来なかった覚えがある。保健の授業で習った〝排出されるべき汚れた血液〟を体内に存在させていることが、奇妙に後ろめたい気がした。大人になり、子を身ごもったときも、なぜか同じ後ろめたさを抱きながら報告した。

穢れなき聖なる存在であるとも言える赤ん坊は、子宮の中で育まれるし、その子宮は、聖なる存在だ。しかし、そこにたどり着くまでに、子宮は何度も何度も〝排出されるべき汚れた血液〟をつくる。さらに、受精するために男の性器から〝排出〟される精子を受け入れる。女を支配するのは、それら〝排出〟の観念だ。それなしには動物は子孫を作っていくことが出来ないと頭ではわかっていながらも、〝排出〟＝〝汚れ〟という観念はなかなか拭いきれず、母親は、自分の育んだ聖なる赤ん坊が、そして娘は、自分を育んだ聖なる子宮が〝排出されるべき汚れた血液〟と結びつくことを、無意識に恐れる。恵美子と母親の相克の根源にもおそらくそれがある。

母親にいつまでも自分を抱き愛しむ〝子宮〟であり続けてほしい恵美子は、突き放されたり、汚い言葉でののしられたりして傷つき、また、娘は聖なる肉の塊であり続けてほしかった母親は男と性交する〝女〟としての娘に傷ついていた。しかし、確実に過ぎていく時間と共に、当然ながら少女の身体と心も成熟していく。自分も母も女であるという事実を、確実に受け入れなければならなくなってくる。そうして、恵美子は、外界と子宮の入り口に立ち尽くす。煮え切らない態度を続ける高野との性愛など、女という性との果てしなき葛藤のプロセスにおけるとば口に過ぎない。

はじめての口づけの際「君じゃなくてもよかったんだ」と正直に告げつつも関係を深めていき、卒業しても手紙を送り続けてくる恵美子を拒絶しながらも逢瀬を続ける高野にも、男という性との葛藤があったのだろう。しかしそれは女における葛藤の比ではない。物語の後半で、大学生活やアルバイトに疲れ、恵美子から溢れ出る〝女〟に、まるで絡め取られるようにして、一緒に暮らすことを提案する。彼女と一緒に「落ちて」行こうとしているようにも見える。しかし恵美子はそれを拒む。恵美子が見ているのはあくまでも自分が〝女〟だという事実なのである。自分を抱く男の膚の存在などは、彼女にそのことを認識させるための、きっかけに過ぎなかった。

あれだけ逢瀬に執着していたのに同棲の誘いを冷たく断ってしまう恵美子だったが、彼女は知っていたのだ。流れ出してしまった血は、すべて流れつくされてしまうまで、止まらないのだということを。もはや高野にすらその血を止めることは出来ないのだということを。

まるで打ち寄せ続ける波のように、高野、そして母との関係が、物語を通して淡々と描かれていく。波は少しずつその形を変化させながら、音楽のようにうねり、次第に大きくなっていく。そして最後に、荒れ狂う巨大な波が一気に打ち寄せる。

〈海へ行く、海へ行ってお父さんに会うんだ、お父さんに〉

暗くて深くそして大きな海だった。母親は、まるで波の間にすべての思いを放とうとするように海へ向かい、桟橋で泣き崩れる。その背を抱き、母の女の匂いを嗅ぎながら、母の中にも自分の中にある深い深い海のことを恵美子は思う。

〈汚い……けがらわしい……海。世界中の女たちの生理の血をあつめたらばこんな暗い海ができるだろう〉

娘が、母が、立ちつくしているその桟橋こそが、子宮という海と外界を、繋ぐ場所であった。作者はその濃密な筆遣いで女という性を〝海へ〟追い詰めていく。受け入れようが受け入れまいが、女は海という、聖なるものと穢れたものの狭間に、漂う存在なのだ。

読後に、大きな、優しいものに飲み込まれていく感覚がいつまでも残るのは、私もまた、自分の中に海を抱える〝女〟だからなのか。潮が引いていく音が聞こえる気がした。

（作　家）

「野ぶどうを摘む」——徹底した感覚表現へのこだわり——

海老原由香

中沢けいは「海を感じる時」（「群像」78・6）で群像新人文学賞を受賞して、十代作家として鮮烈なデビューを飾った。雑誌掲載と同じ月に単行本『海を感じる時』（講談社）が上梓されたのも異例であった。その中沢けいの単行本二冊目が『野ぶどうを摘む』（講談社、81・6）である。「余白の部分」（「群像」79・4）「海上の家」（「群像」80・7）「野ぶどうを摘む」（「群像」81・1）の三篇の小説を収録しており、いずれも「海を感じる時」の設定を踏襲し、「海を感じる時」の続編を求める読者の期待を裏切っていない。しかし、主人公の呼称が異なることに顕著なように、三作品それぞれに異なる趣向が凝らされ、新たな可能性を模索する作者の姿が透き見える。なかでも表題作「野ぶどうを摘む」は、徹底した感覚表現にこだわった作品として興味深い。

「野ぶどうを摘む」は、詳細な情景描写、場面描写が特徴的な作品である。主人公上田久枝の目に映る光景がスケッチのように描き出されるのみならず、久枝の感官を通して、音や匂いや風や温度までが臨場感をもって伝わってくる。過剰なほどの情景描写から、久枝が常にあらゆる感覚を働かせて外界を詳細に把握せずにいられない感性型の人物であることがわかる。思索をする場面はほとんどなく、逆に〈何かを考える必要がある気がするのだが、別に何も浮かばない〉とわざわざ断りがあるほどである。久枝は頭で考える変わりに、感じることで物事を把握するのである。喜怒哀楽の感情もあまり出てこないが、それは感情が乏しいからではない。作品の終わりの方に感情を爆発させる場面があることからも、普段は感情を抑えているのだとわかる。久枝は寒さや汚れに過敏である。たびたび〈身体の軋む感覚〉に襲われる。あてもなくひたすら歩き続けたり、ふと気付くと寝ていることも多い。抑圧された感情は、皮膚感覚や運動感覚等に姿を変えて発現しているのだと知れる。

寒さを感じた時、身体の軋む感覚を意識した時、久枝は恋人高志のもとを訪れる。高志との肌のぬくもりで全てが解消されるからである。しかし、冒頭の雪の日に限って、二人の間に〈薄い氷のような空気〉が入り込み、暖められた身体は再び凍らされ、身体の軋む感覚もまた蘇る。そのきっかけは高志の何気ない視線にあった。高志に見られていると意識した途端の変化はあまりに唐突である。が、実は久枝は視線恐怖症とも言うべき状況にあったことが判明していく。まだ久枝が一方的に高志を追い回していた頃、久枝は高志の姉恵子に会った。その時の恵子の見下すような視線に久枝は傷ついた。その後、恵子が久枝の身体の細部まで高志に問い質していたことを知った時、〈「見えた、見えた」と甲高い声と恵子の視線が久枝の中で混り合いからみ合う〉。「見えた、見えた」とは、別の場面で回想される小学校五年生の時の事件を指す。久枝は、待ち伏せていた少年たちに下着を脱がされた。その時の少年たちの「見えた、見えた」と言う声が、今も幻聴のように蘇るのである。恵子の視線の記憶はこの強烈なトラウマと結び付いて、より強固なものになったのである。しかも、久枝は観察癖ともいうべき習性を有している。そのため、弟秀裕のガールフレンドに対しても、値踏みをするような〈粘っこい視線〉を向けずにはいられない。これは久枝に〈粘っこい視線〉を向けた高志の姉恵子と相似形をなす。また、久枝が乾いた心で対象を観察する時、久枝の中で〈見えたと小さな幽かな声〉がする。久枝はこの時の自分の視線を他人のように思い、自らのうちに〈鳥の目をした女〉の存在を感じる。久枝が恐怖する視線の主は久枝のうちに内在化しているため、忘れる術も、逃れる術もないのである。

高志との間に〈薄い氷のような空気〉が入り込んで以来、久枝は衝動的で矛盾に満ちた不可解な行動をとる。その極端な例が新しく再建した父の墓を見に行った帰路のことである。電車の中で高志のことを考えているうちに、久枝は高志のことを〈今すぐ欲しい〉と思うほど気持ちが昂ぶる。それが突然会う気さえなくし、偶然再会した知り合いの男性について何となく家まで行ってしまい、男性の態度が〈厭で久枝はそっぽを向いていた〉にもかかわらず、自分から服を脱いでしまう。この不可解な行動のきっかけは、高志の言葉にあった。〈薄い氷のような空気〉を感じた晩、眠れぬままに高志とのなれそめを思い返していた久枝は、高校生であった久枝に〈キスがしてみたいだけ〉〈女の身体に興味があったから〉等と言い放った高志の言葉が、今頃になって気になり始める。電車の中で再度これらの言葉を思い出した瞬間、高志への熱い思いは消え失せ、どうしてそれらの言葉を聞き流して高志を追い回していたのかと、久枝は過去の自分を不思議に思う。しかし、久枝はその続きを考えない。もちろん、久枝は自らの〈腕と胸の間に虚ろな空間がある〉ことも、その空間が高志によって埋められる時に〈不思議な安定感を味わう〉ことも自覚している。ある時には高志の腕が〈父の腕によく似ていた〉のを感じ、またある時には高志の背中に〈失われたはずの父の温もりがゆっくり広が〉るのを感じる。前々作「余白の部分」の〈私〉は同様の設定で、〈いったい、なぜ自分がそれほどまで、洋に執着したのか〉を考え、〈父を失ってから空白になっていた部分〉に〈たまたま洋が飛び込んで来た〉だけだったのだと結論づける。しかし、「野ぶどうを摘む」の久枝は、頭で考えるかわりに様々な回想の断片を通して少しずつゆっくり感じ取っていくのである。その過程で、高志に対して〈嫌悪と快さ〉〈会いたいと思う気持ちと、うとましいと思う気持ち〉等のアンビバレンツな感情を抱き、矛盾に満ちた行動をとる。久枝は高志に〈してもらいたいことがあるのに、何なのか解らない〉と思う。しかし、頭で解らなくとも既に感じとっているのである。

題名の「野ぶどうを摘む」は、久枝がいつも追想し、夢想する、幼い頃の思い出に由来する。作品の魅力の一つは、この思い出の美しさにあるといっても過言ではない。だが、思い出がしばしば美化されたものであるように、久枝のこの思い出もまた事実そのままではない。同じ思い出を共有するはずの弟秀裕とは記憶が一致せず、久枝は腑に落ちない思いを抱く。何よりも弟には久枝のような思い入れがない。この思い出は、過去の出来事の一こまである以上に、久枝にとっての理想の人間関係を象徴しているのである。繰り返し回想されるなかで特に強調されるのは、微笑と温もりの感覚である。それは、久枝の亡父に対する記憶と共通する。久枝は父の具体的な言動や表情はよく覚えていないのに、微笑の感触と温もりとは鮮明に思い出せるのである。久枝が高志に求めていたのもまさにそれである。ある時の回想では、幼い弟がいつしか高志にかわり、〈二人のおだやかな笑いが闇に溶け、身体を包〉み、久枝の身体は温まる。またある時、久枝は高志と二人で穏やかに笑い交わしたことを思い出す。〈闇に溶けた笑いで身体が温もり、それがまたこそばゆく二人で笑〉った。その部分だけが鮮明な記憶の細部を思い出そうとして、実際にはあり得ないことが記憶に混入していたと気付く。久枝の願望がそのような記憶を作り出したのである。久枝が高志に求めているのは、言葉や理屈なしに、微笑み交わすだけで互いの心が通じ合い、共感し合える関係だったのである。

久枝の異常な行動や度々襲われる奇妙な感覚は極端としても、気質《テンパラメント》のレベルにおいて久枝のようなタイプの若い女性は、あながち稀少とはいえないだろう。しかし、それまでの小説には見られない女主人公《ヒロイン》であった。「感性の時代」と呼ばれた八十年代の文学に、このような極端に感覚偏重の女主人公があらわれたことは興味深い。「野ぶどうを摘む」は、「海を感じる時」以来若い女性作家ならではの感性を生かした作品を生みだしてきた作者が、いち早く時代感覚を体現した作品だったのである。

（白百合女子大学非常勤講師）

「海上の家」論ノート――高山京子

私は、中沢けいの作品の中では、「海上の家」(「群像」80・7)が最も好きである。子供の世界を描いた文学は数多いが、この奇妙に大人びた、それでいて子供らしい素朴な不安を抱えた少女は、観念の操作やいたずらな心理の分析などに流されていない分、的確に描出されていると思う。

「海上の家」のあらすじは、大体以下のようなものである。

史恵と和也の姉弟は、海辺で釣り船屋を営む徹治の子供である。二人は夕方になると、父親を迎えにその店へ行くのが習慣になっている。店には父方の祖母・ノブがいるが、ノブは子供たちの気を重くさせる存在である。その原因の一つが彼女と母・久子との不和で、久子は妊娠していたが入院、男の子を死産し、二人の溝は一層深まることになる。

その後、新しく店を構えて親子四人は引っ越すが、三年後、徹治が急死してしまう。それから久子は次第にヒステリックになり、しばしば子供たちを叱りつける。史恵は父親が死んでから、たびたび母の目をかすめてチョコレートなどの買い食いをする。徹治の一周忌の際、ノブの家に寄った親子三人はノブに〈あれ、どちら様でしょう。おおきくなってちっとも解らない〉といわれる。実家に着いた久子は怒りが爆発、お腹が空いたと口走ってしまった史恵は座布団や針ばこを投げつけられる。

ある日、史恵は小学校からの帰り道、友達とどんぐりの木に登っている和也に声をかけるが、素っ気ない態度を取られる。いつも二人で一緒に過ごし、心が通い合っていると思っていた史恵はショックを受ける。和也が畳のへりに隠していた百円玉を無断で借りた史恵は、そのことが見つかって口論となる。それを知った久子は和也をけしかけ、史恵は弟にさんざん殴られる。久子と和也は部屋を出て行き、史恵は一人取り残される。

さて、一般的にこの作品は、史恵という少女における、一種の自己形成の物語として読むことが出来る。とくに作品中に繰り返される《死》への認識は、大人への一歩を踏み出す要因でもあるだろう。しかし私にはそれだけではなく、〈子供〉、なかんずく〈姉〉〈長女〉というものの寂しさ、悲しみが刻印されているように感じるのである。

史恵は、物語の冒頭部分ではおそらく小学校の低学年として設定されている。しかし、母と祖母との対立に敏感であったり、母の入院によって和也に対しては保護者のように振舞うなど、必然的に実年齢以上の役割を強いられているのである。そしてその鋭い感受性は、無意識に周囲の空気を察知する子供として存在させる。しかし徹治の死によってその状態が崩れる。

また、この作品の優れている点は、作者が安易に史恵を擁護し、他を対立関係として配置していないということであろう。敵対関係となり得るノブも相対化されており、結末の部分で一人になってしまった史恵も、〈「この家も、久子も、和也も、全部、亡くなってしまえばすっきりしそうだ〉と考えるが、すぐ、〈そんなことはできない。そういう衝動が消えてしまうまでじっとしていなければならない〉と思い直すなど、作者は、久子や和也への批判めいたことは一切書かない。しかし、書かれていないからこそ、このような箇所に、直接的に感情を表現することのできない子供のあきらめにも似た寂しさを読み取ることができるのである。

この〈姉〉あるいは〈長女〉としての史恵と、単純な子供としての史恵は微妙に揺れる形で描かれる。徹治が死んだ時の火葬場の場面で、久子をいたわり椅子に腰掛けさせながら、〈自分の声が妙に芝居がかっているようで、いやな気がした〉と感じたりするのも、よき娘としての役割を演じる自己と、本来の自己との違和感に他ならない。ほぼ全編にわたって、史恵の行動と内面がしばしば分裂していることは注目に値する。史恵のそれがしっかりと一致するのは、父が死んでから、たびたび〈ふわっとした食欲〉を感じ、買い食いをする時だけである。それが、明らかに空虚感を埋める行為——そこには、強大な母親からの脱出も含まれる——なのはいうまでもない。

佐々木基一は、中沢の「女ともだち」(「文芸」81・6)を評した際、〈等身大の人物を書きながら、自然にその人物を客観化する目というかな、なんかそういう素質があるんですね。それで等身大でありながら、人物が作者から独立した人間になっているというところがありましてね、やっぱりたいへんものが見える人だと思いますね〉(「文芸」82・2)といっているが、これは文壇出発当時から中沢に備わっていた資質で、子供の世界を描いた「海上の家」においてもいかんなく発揮されているものである。

史恵の不安定さを描くことに成功している要因は、その等身大の《語り》にある。たとえば中沢は、史恵の視点や感受性からこの作品を描いているだけではなく、文末の時制に現在形を多用している。これが何を意味するのかといえば、作者の幼少期を回想した物語という安易な形にはなっておらず、あくまでも子供から見た子供の世界の物語として作品が存在しているということである。とくに史恵の実感を通した感覚的な描写では、その傾向が著しい。

ノブが居ると史恵も和也も声をたててもいけないような気になる。身体も動かさずおしゃべりもせず、ただじっとしているのは退屈するだけでなく、身の周りから空気がじわじわとせまってくるようで、息がつまる。そして、身体の筋肉や骨が固まってしまいそうな不安が史恵の背中でうずく。昼間、ノブは店のベンチに海を背にするように座っている。ぼんやり表の通りをながめては、薄桃色の細い手の甲をこすり合わせている。ノブは店が帰りの客でごった返す時刻になると、ゆっくりとした足取りで店と同じ並びにある母屋に帰ってしまう。

このような箇所における文章のリズムは、そのまま、不安定な史恵の身体的なリズムと重なって臨場感が生まれる。一方で、当然のことながらそれを描く現実の作者は、子供の世界とは時間的に隔たった地点にいる。おそらくこの微妙なずれが、実際はまだ子供であるのに必然的に大人びた役割を担わざるを得なかった、史恵という一人の少女の造型に成功しているのだ。

最後に、中沢は、「余白の部分」（「群像」79・4）においてはその題が象徴しているように、内面の〈余白〉、一言でいえば空虚感を見事なディテールによって表現しているが、この「海上の家」においてもそれは冴えわたっている。ここではその空虚感は〈風穴〉という言葉で表現されているが、以下のような部分など、中沢けいの真骨頂ともいうべき箇所であろう。

> ひっそりとしていた。久子が居れば、水音や食器のふれ合う音が聞こえてくるはずの台所も暗いばかりだ。夕方、史恵は流しに水の流れた跡がなく、乾いているのを見つけた。ノブの住む母屋のたたずまいが思い出された。史恵はコップに水を汲みそっと流した。濡れて光るというだけで、流しがどれほどいきいきと見えたことだろう。

この主人公の感受性で捉えられた作品世界は、小説というものは細部を味わうものであるということを改めて感じさせてくれるのである。

（創価大学助手）

『女ともだち』——海にたどり着く娘たち——

溝田玲子

『女ともだち』は一九八一年六月に「文芸」において発表され、同年十一月に河出書房新社より刊行された。大学の夜間部の政経学部に在学し、小説家である〈私〉、〈私〉の高校の後輩であり大学で地学を学ぶ谷里隆子、女優を目指すとき子の親交が、作品において描かれている。大学に入学して自分の書いた小説が〈新人文学賞を受け、そのうえ出版された〉という〈私〉の人物設定は、十八歳のときに群像新人賞を受賞した作者・中沢けい自身を想起させる。

「著者ノート　女ともだちの頃」（『女ともだち』河出文庫、84・8）で、中沢けいは〈「女ともだち」を書くには嫌でも現在と格闘しなければならなくなった〉と述懐している。この〈現在〉とは小説を書いている時間と小説内の時間であり、〈両方の現在から滑りおちるのを止めるため〉に、作品内の〈私〉が新人文学賞を受賞した作家であるという設定にしたと述べている。〈主人公の職業を画家かなにかにしてこれは私小説ではありませんとやるやり方がずるいのと同じように〉〈ずるいやり方〉であることに気付きながら、あえてそういった設定にしたのは、〈現在〉を描くためだという。〈現在という不思議な相手を前にできる限りの力は使ったと思う〉という感想から、作者・中沢は苦しみつつも手ごたえを感じたようだ。この作品で描かれているのは、女友だちとの交流を通して自らが女性であることを受容していくヒロインの姿である。

作品の冒頭で、大学の授業の後、同じ学部に通う同窓の女友だち八人と駿河台下の飲み屋にいる〈私〉は、〈足の小指〉に〈むずがゆさ〉を感じている。〈靴の中で、いじけた爪を付けた小指は苛立つようにかゆさを増して〉〈ふだんは丁度よい靴が窮屈で重た〉い。また、〈揃ってカウンターに向っている見知らぬ背広姿の男と身体が触れ合ってしまいそう〉なことにも、〈私〉は窮屈さを感じている。

この窮屈さは、作品において描かれる〈私〉の閉塞感のメタファーとして読み取ることができる。自らの状況を〈自分のうつ向きがちな肉の中に入り込んだら最後、出ることはむずかしくなり、陰気になるばかりだった〉と、〈私〉は語っている。〈私〉が閉じ込められ、逃れようとしたものは自らが女性であることである。そのため、〈私〉は自らの身体を否定的に捉えている。

〈若い夫婦と子供一人か二人〉という〈家族全員がヌードになった写真ばかり集められ〉た〈『ファミリー』〉というタイトルの写真集を見た〈私〉は、〈胸の平たい子供の身体の線を太く強くした男にくらべて、胸はふくらみ腰はくびれた女の身体は異質〉であり、家族から浮き上がっているように感じる。この成熟した女性の身体つきに対する〈私〉の違和感は、自らの身体に対する違和感に結びついていく。自らの身体を〈男性向けの週刊誌のグラビア〉に映る女性と同様に〈脂ぎっていやらしい〉ものに〈変化《へんげ》〉していくと捉えて受け容れることができず、〈私〉は〈憂鬱な気持に取り付かれ〉るのだ。

〈私〉が自らの身体を受け容れることができないのは、異性との関わりから生じている。小学生のときに〈私〉は自分より四つ年上の男の子たちに〈いたずら〉をされた。〈力ずくで〉〈身体を押え付け股間を覗いた〉男の子たちは〈気持ち悪いなぁ〉という感想を漏らした。この事件が原因で〈私〉は隣町の小学校に転校することになった。隣町から通学していることに加え、男の子と〈敵対するつもりもなく対立していた〉〈私〉は、〈〝汚い子〉として口もきいてもらえないばかりか、〈近づくことさえ忌み嫌われ〉た。〈私〉は女であることを自覚する以前に異性に力でねじ伏せられ、その後の立場を決められたのだ。

高校に入学してからも、〈私〉はその呪縛から逃れられずにいた。しかし、二つ年上の高志が自分の身体に興味を持ち、近づいてきたことによって、男性から望まれる存在になったと思い、そのことに喜びを感じる。

「私」は高志に自分から抱いて欲しいと言った。身体の隅々まで触れられていたが、まだ最後のことはなかった。自分の口で自分の意志で言わなければならないと私は信じていた。今度は誰が決めたのでもない、自分が選んだのだ、そう、はっきり意識していたのではない。が、私は執拗に自分の意志にこだわった。

高志との関係性において、〈私〉は主体的であることを望んでいる。その後高志は〈身体に興味があったんだと、言い続け〉、〈自分の行為を恥しいと思い、忘れる努力をし〉、〈私〉から遠ざかろうとした。高志が〈紙くずを捨てるよう〉に自分のことを忘れようとしていることが〈たまらなく嫌〉だと感じた〈私〉は、高志を追いかけた。そうしているうちに〈私〉と高志との関係性は逆転し、今度は〈私〉の方が高志から逃げ出した。〈私〉が逃げ出したかったのは、高志であると同時に、性に対して主体的でありたいがために自らの肉体を投げ出した自己からであり、そのことで心に傷を負っているのである。

〈私〉と同様に隆子ととき子も自らが女性であることに閉塞感を感じている。隆子の部屋に泊まって一つ布団に寝たとき、隆子は〈男でも女でも気持いいんだよ〉と言い、私の身体の上に乗る。〈こっちの方がいいんだけれど〉と、〈私〉が〈身体の位置を半転させる〉と、「これじゃ、いつもと同じじゃん」という不満を洩らす。その後隆子は、〈蝉みたいに〉男の背中に〈しがみつ〉くのではなく、〈自分の行きたい場所に行〉くためにバイクを買う、と〈私〉ととき子に打ち明ける。その言葉からやはり男性との関わりの中で閉塞感を感じ、主体的であろうとする隆子の姿が見てとれるである。

女性として理想的な身体を持ち、自信に満ちていると〈私〉に思われているとき子も例外ではない。十四歳のときにとき子が出演した映画を、偶然、〈私〉は目にする。画面の中で裸のままのびのびと動き回る少女時代のとき子を見て、〈素っ裸のまま庭に走り出す幼女〉のようだという感想を〈私〉は持つ。また、映画の中のとき子を〈恥しいという感情が充分に消化されて〉おらず、〈覚悟さえつけば、自分のことなどかえりみずに済む〉年頃だと感じ、同じ年頃で高志と性体験を持った自分を重ね合わせてもいる。

この映画がきっかけで自分より倍以上年上の男性と付き合い、その男性に事務所を紹介してもらったことから、とき子はこのときの性体験を〈売春みたいなもの〉と言い捨てている。そうして自らの肉体を投げ出したことに対して後悔はしていないが、〈今度は徹底的に守ってみようと思っている〉と、〈私〉に告白する。とき子にとって自分を〈守〉るという行為は、自らの性に対して主体的であることに他ならないのではないか。

作品最終部で三人の娘は海へとたどり着く。スリップ姿で波と戯れる隆子を見つめながら、〈ときちゃん、早く、おとなになりたいとおもったでしょ〉〈あなたもね。あの娘はなりそこなったみたいだけど〉〈あたしたちも……じゃないの〉という会話を交わし、〈私〉ととき子もスリップ姿で海に飛び出していく。〈おとな〉に〈なりそこなった〉ことを認め、〈窮屈〉な靴を履かずに素足で砂の感触を楽しむ〈私〉は、自分の足跡を振り返り、〈しょっぱい唇を噛〉む。この〈私〉の姿から、自らの受けた傷を傷として受け止めつつ、女性であることを受容し、主体的であろうとする様子が窺える。また、〈上げ潮に変った〉満ちていく海に、〈私〉、とき子、隆子の姿を重ね合わせることができるのである。

（専修大学大学院博士後期課程修了）

「ひとりでいるよ　一羽の鳥が」における〈メタファー〉——小澤次郎

中沢けいの小説「ひとりでいるよ　一羽の鳥が」は、題名「漂鳥」として「群像」(講談社、82・8)に発表後、表題を現在のように替えて「雪のはら」「手のひらの桃」「うすべにの季節」「入江を越えて」の短篇小説を加え、『ひとりでいるよ　一羽の鳥が』(講談社、83・6・20)として刊行された。これを底本に、黒井千次の解説を加えて、講談社文庫『ひとりでいるよ　一羽の鳥が』(講談社、86・10・15)が流布した。拙稿の引用・頁数もこの文庫本に拠る。

＊

『ひとりでいるよ　一羽の鳥が』に所収された小説に対する主要な論考は、つぎの三つである。ひとつは、佐多稲子・上田三四二・川村湊「第85回　創作合評」(「群像」講談社、83・1)、今ひとつは、上田三四二「書評」(「群像」講談社、83・8)、さらにひとつは、古井由吉「文芸時評〈下〉」(「朝日新聞」夕刊、83・8・26)である。

「創作合評」で、川村湊は中沢けいの「手のひらの桃」をとり上げて、「桃」のメタファーと、主人公の瑞江が自分の身体をいとおしく思えてくるモチーフの関連を新鮮な試みとして、従来の文学にみられる倫理に拘束されぬ〈新しい感覚〉と評価した。また、佐多稲子はこの主人公が〈男に距離を置いている女〉であり、こうした〈女の感覚〉が〈わが身に対する感覚〉へつながる見方を指摘した。

上田三四二は、「書評」で『ひとりでいるよ　一羽の鳥が』に収録された諸作品を通じて、それまでの〈旧い世代にあった観念的な愛の前奏の欠けている〉ことが斬新だと指摘し、この作家に特有な〈身体感覚〉に注目した。そして上田は「手のひらの桃」における中絶の描写を分析し、中絶によって〈身体感覚はいっそう強化〉されるが、発見された〈身体と自然との融合の感覚は、真に世界に向かってする自己解放とは言えないだろう〉と推察する。これは主人公が〈愛の対象となるような他者に出会うことに躓いた〉ことを意味するが、〈羊水の中のような身体感覚のなかに自己を解放しようとする。自閉が解放を幻想〉する身体感覚が深くかかわるところに新たな可能性を読みとる。上田はこの系列上に「ひとりでいるよ　一羽の鳥が」もあり、〈愛する父の死という重大な喪失からの回復手段を、汎神論的な自然観による生々とした自然の中に求めた〉と批評した。

古井由吉は「うすべにの季節」に着目して、中沢の作品には〈娘から母親へ、さらに祖母へと、厭いながらもおのずと反復の、太い存在感〉のあることを強調する。そして「手のひらの桃」の中絶手術後の場面にふれて、〈自我と身体とをひとたび分けて和ませるこの救いは、身体的な自我を反復として、悪夢のけはいなしに受け止められる資質〉であるとしてその身体感覚の存在を検討した。

＊

小説「ひとりでいるよ　一羽の鳥が」を読み解いてみよう。先の論考にもしばしば指摘されたように、中沢けいの文学には独特の〈身体感覚〉がみとめられる。たとえば、父の死んだときにおける主人公〈私〉の身体感覚の描写はきわめて印象的である。

父が死んだ時、私は水の中にいた。……中略……私は身体を海面にあおむけに浮かし、陽射しを眺めていた。水は私の腹の上を浸しては引き、また浸しては引く。海は見渡すかぎり小波ばかりに静まり、時折、お

だやかなうねりが、私の身体をほんの少しだけ空へ近づけていた。（50頁）

と、実在の体験を叙述したかのようにみえる。けれども、この場面は、父の飼っていた九官鳥の死をきっかけに想起される生前の父との思い出を語る場面と、父の没後に不注意で死なせた九官鳥への〈私〉の想いを語る場面との二つの場面に挟まれるかたちで唐突に語り出される――〈父が死んだ時、私は水の中にいた〉と。このため、水中に揺曳する〈私〉の体験が〈父の死〉という出来事と、どのようにかかわるのか、全くもってはっきりしない。こうしたところに、中沢けいの文学が通俗的なセンチメンタリズムや凡庸なモラルからは隔絶した斬新な境地にあると評価される所以がある。水の中の〈私〉はその〈身体感覚〉に身をゆだねる。

昼のはしから、しおみずが流れ込む。喉が乾く。水が、真水が欲しかったが、私は砂浜へ戻る気になれず、水の中にだけ流れるゆるやかな時間を楽しみ続けていたかった。短いうぶ毛がはえた耳の入口を出たり入ったりする水の音がしている。瞼をそっと閉じると、世界は全部、真っ赤に燃え上がった。（同頁）

と、ここに語られる〈身体感覚〉は〈父の死〉との安易な意味づけからは免れているものの、決して〈父の死〉と無関係であるはずがない。つまり、〈父の死〉は〈身体感覚〉のメタファーによってしか語られざるを得ないということである。

そしてまた、〈身体感覚〉における〈水〉の存在理由も看過できまい。仮にもしもこれが鞏固な輪郭を有する固体としたならば、主体と対象の関係は〈触れた／触れない〉の二者択一の範疇から抜け出すことは不可能だったろう。しかし、これが〈水〉のようにまとわりつく液体の場合、主体と〈水〉の境界は明確に把握できなくなるに違いない。主体と〈水〉は一体化しているわけではないけれども、主体との境界が曖昧に密着している状況から言えば、主体から隔離できる〈オブジェ〉として存在するわけでもないだろう。つまり、〈一体でもあり、一体でもない〉としか言いようがないのである。

こうした〈Aであって、Aでない〉というあり方は、〈身体感覚〉によるメタファーによって小説のなかでさまざまに変奏されながら繰り返されていくことによってしか表現ができない。たとえば、九官鳥の死骸を〈私〉が葬る場面で、〈父がいれば、九官鳥は、当然、土に葬るだろうと思う反面、なぜか土に埋めるかどうか疑わしい気持ちもするのだった〉（52頁）というかたちで語られることでしか、〈私〉にとっては〈死んだ父〉の不在をアクチュアルに認識することができない。同じように、〈死んだ父〉の残したノートに収集された鳥の羽根の標本を〈私〉がさわっては眺める場面では、

ルリカケス、名前だけを知っている鳥を私は、生き物の匂いで満ちた海をなんどもかいくぐって染まったマリンブルーをしているにちがいないと信じている。オオルリもマリンブルーと思えば、海の色に染められたように見えてくる。指の腹に触れる感触は生き物の匂いで満ちた海の感触そのものだった。（58頁）

というように、ひとつひとつの表現が標本における具体的な意味をもちながらも、〈水〉が角砂糖に浸潤して溶解するかのように、〈身体感覚〉を通したメタファーとなって、〈私〉にとっての〈死んだ父〉の不在との関係を表現している。〈標本〉は〈私〉にとって〈死んだ父〉との特別な関係を示しながらも、それがどうかかわるのかは決して示されないのである。こうした中沢けいの文学の特徴を、千石英世は著書『異性文学論』（ミネルヴァ書房、04・8・30、157頁）の中で〈不在をたんなる不在としてではなく〉、〈場違いな別のものに占拠〉させることで〈二重の不在〉を一貫して追求している営為とみている。中沢けいの小説における〈メタファー〉の構造を解明するうえで重要な手がかりを指摘した卓見と言えるだろう。

（北海道医療大学助教授）

『水平線上にて』

奥出　健

青春という名の時間は、いつも茫漠とした夢を人に追わせる。「青」の時間に確かな意味あいをつけることは難しい。だがその時間を意識的に生きることはできる。意識的であればあるほど、しかし人はその意味を探すためにはるかな山や水平線上に目を向けて、四六時中その意味の何かを問いつづけねばならない。

「水平線上にて」は一九八五年「群像」一月号に掲載され、同年四月講談社から単行本として上梓された。前作「海を感じる時」は高校生・山内恵美子の青春の時間と性をめぐる母との確執を構図として描かれたのに対して、この作品は晶子と植松との性の確執をメインに据えて、彼女の自我の成長と性の確執、そしてその溶解とが描かれている。

晶子、高校一年のときの上級生（三年生）植松との関係は長く晶子の心を拘泥させた。好きではないが晶子の身体に触れたいと言い、またそのとおりにした植松のその後の態度に晶子はどうしても納得がゆかない。植松は晶子から逃げつづけながら、晶子の積極的な態度にあうと関係をつまみ食いするように接触する。どうせ触れあうのなら初めての接吻のように「率直」に晶子という存在への興味を示して欲しい。それが晶子のせつなる願いである。先輩の森川に比べれば、植松は晶子にとって特別に心引かれる相手でもなかったから、なおさらのことである。

やがて晶子は強引に植松に暮れの一泊を要求するようになる。その要求を肯いながら植松は別にさしたる興味を晶子に示さない。晶子が植松との一泊に拘泥するのは結局、二人の関係にもっと確かな意味あいを探すためにほかならない。晶子はいつも速く水平線上に浮かぶ天城の山に登りたいと考えるが、それには意味があってのことではない。単に登ってみたいだけだということなのだが、この思いと、この一泊は同じ意味合いをもつだろう。いったいいかなる深さまで植松とつながればその意味が分かるのか、植松への一泊の要求も、その夜の交情の要求も晶子のその強い欲求に基づいている。

だが作者はいかにもさりげなく描いているが晶子の植松との交わりの意味を探す旅は一面では、男の原点としての父親の姿なのかもしれない。植松との交情のあと植松を送り出して一人になった部屋で彼女が作者の語りによって思い出すものは、今はもう亡い父親との会話の場面でもあるからである。

晶子にはもう一つ、分からぬままに大人たちに翻弄された性にかかわる辛い思い出がある。それは千葉館山に移住した小学校一年生のとき、上級生に性的ないたずらをされ両親によって隣の学区に転校させられたことである。性はなぜこのように過酷に人の生活に刻印を残すのか、この事柄はいまの晶子の状況と重複してくる。だが今、性的関係のできた植松にひたすら会いたいと思うのは結局、晶子の認めたくない「恋」でもある。その植松との関係も彼の東京への就職によって変化がもたらされる。晶子は東京への予備校通いを利用して植松を呼び出すが、この行為もどのように理由づけしたとしても所詮、恋する少女のそれである。

しかし植松は会ってもよそよそしい。晶子は、この男は〈欲求だけで女と交わるのは悪いことだし恥ずかしいことだと思っているに違いない〉と考えるが、そう考えることは、そのような男に妙に執着する彼女の自尊心をいたく傷つける。だから彼女は自尊心を守るために次のように考える。植松との関係には〈金銭や結婚は論外で、恋愛という飾りのかけらさえつけたくはなかった〉と…。性愛の始まりの意味を晶子はひたすら問う。しかし始まってしまった実質的な「恋」の、その意味を問うというのは実はばかげたことだ。恋に意味などはないだろうし、晶子の場合あるとすればなぜ始めは好きでもなかったこの男に会いたいのかということだけである。

会えば必ず相手の態度に傷つけられるにもかかわらず、異性への興味と自尊心の混乱のなかで晶子は植松に会い続ける。だが一つだけ晶子には誤解がある。植松が性的な道徳観をもっているように想像するのは、つまるところ男が分かっていないだけではないか。結束部に近い部分で森川から、〈植松は（相手の）身体のことなんて一度も考えたことのない男だよ〉と告げられる言葉はそれを示している。植松が彼女が呼び出すごとに現れて〈なれなれしい冷たさ〉を感じさせるのは、女への見識をもたぬ植松のだらけた〈なれ〉でしかない。だがその〈なれ〉こそが肉体を知り合った男女のキーだとは晶子は納得したくないのである。だから晶子は〈理屈ぬきで慣れやすい植松をうっとうしく感じ〉るのだ。東京に帰る植松を見送りながら〈もう何もかも終いにしたはずのものが〉なおも〈ここにいるという思いにひかれる〉のも男女の〈なれ〉の構造を理解できないからであろう。

母はそんな娘を心配気に見つづけ、〈未練がましいのは嫌〉といさめる。未練なのかどうかは晶子その人にさえ分からない。晶子は母の眼よりもなお自分の中に巣食う自身の性愛の意味にこだわりつづける。大学生になった雨宮との刹那的な接吻、森川への恋情、それらは植松との関係をはっきりと意味づけしたいがための試薬でもあろう。

しかしこのような一見、放埒で暗いイメージで描出されるこの主人公のまわりには、青春のきらびやかさが満ちている。学校、部活動、文化祭、体育祭、図書館、友人の家でのパーティ、アルバイト、男女交際、海水浴と、すべての青春の小道具がそろっている。晶子はそういう風景の中で実に絢爛と生きている少女でもある。

だが晶子もやがて東京の大学の夜間部に入学することによって植松との〈なれ〉が増幅し、彼女と植松との性を交えることの意味あいはより不鮮明にならざるを得なくなる。それは所詮、愛というものの形のひとつである。しかしそうだと理解することを晶子はなお拒んでいる。

このような植松との倦んだような東京での生活も、休暇に故郷に帰れば心がよみがえる。森川への想いがわきおこるのだ。だがその森川はついに片思いの人でしかない。

やがて弟が希望の大学に入り、父の墓地もでき彼女の過去の生活圏は次第に整って行く。晶子の旅立ちのときはきていた。晶子は次第に、植松には自分の思いは何も伝わっていないという〈敗北感〉を感じるようになり、雨宮、森川との三人のドライブにでる。好きな男達との時間のなかで晶子は〈何度も十六歳に戻りたい〉〈…ただ一晩だけ十六歳に戻りたかった〉とせつに思う。異性と初めて交わることの意味、その事柄の重さを認識できなかったくやしさを考えていたのだ。〈時間を静止させて、行為を閉じ込めた当時の標本を作りたいとさえ思う。だが過ぎ去った時間を遡及することはできない。

結局、晶子がドライブ途中で行う雨宮との交情は植松に拘泥した青春という名との別れの行為であったろう。そのあと、一人で下田に向かった晶子に、知らない子が〈どこから来たか〉をたずね、東京から来たという晶子にその子は、そうだろう顔が違うと告げる。それは、いまや水平線の向うに何かを希求しつつ生きる人ではなく、すでに水平線をなくした一人の女として晶子が脱皮しつつあることを暗示している。結束部近くの晶子が訝しぶほどに輝く水平線は晶子の明らかな変容を象徴している。

（湘南短期大学教授）

「静謐の日」――その襞、そのバロック――

野村喜和夫

ふだんあまり小説は読まない私だが、中沢けいの短編「静謐の日」をこのたび読んで、強い共振をおぼえた。だがこれには伏線があり、そこでいきなり、作家中沢けいとの出会いのことなど語ってよいだろうか。中沢さんとはたしか私と同業の畏友城戸朱理を介して面識を得たのだが、作家然とした言動やたたずまいにある種の畏敬の念を抱きながらも、同時にどこか温かみにあふれ、面倒見のよさそうな人柄にもふれて、すぐに緊張の糸は解かれた。それに甘えて、いつだったか私がある賞を受賞した折に、中沢さんにスピーチをお願いしたことがある。すると彼女は、私の〈喪の頂で陽はとても淡い〉という詩を挙げて、それはある詩人の葬儀で会葬御礼のテレホンカードが〈ひらり／らり／り〉と舞い落ちたというだけの詩だが、落花のスローモーションを擬態したこのスラッシュへの共感を、熱く語ってくれたのだった。実はこれが私の「静謐の日」読解と関係してくるのである。不思議な縁だ。

それを解きほぐすまえにまず、タイトルにとても惹かれる。「静謐の日」。「静かな日」でもよかったのだろうが、「静謐」という漢語、そのヒツという響き、そしてそれが音通のあるもう一つの漢字「日」に助詞の「の」を介して結びつくと、与える印象は少し違ってくる。たんに生活のレベルで波風の立たない、いつもの平穏無事な日というのではなく、日そのものが静かであるような。つまり日の底で時間そのものが動きをやめて静まり返り、静まり返るあまりにかえって落ち着かなくなるような、かえってそこに別種の時間の立ち騒ぎが予感されてしまうというような。加えてさらに時代背景ということも考えると、いっそう興趣は尽きないものとなる。この作品の初出は「海燕」一九八六年六月号――八〇年代といえば、いわゆるバブル期の絶頂に向かって誰彼となく浮かれ騒いでいた時代であって、そうしたさなかでの「静謐の日」の提示には、つまりなにほどか反時代的な意味合いも含まれていたにちがいない。また、初期の中沢さんの代表作『女ともだち』などを知る者にとっても、「静謐の日」は強い驚きを残したはずである。『女ともだち』は若く本格的な作家の誕生を告げる意欲作だけれど、それでも普通の小説であり、それからわずか数年のあいだに、こうまで変われるものなのかと。

その間、何かがあったにちがいないその何かは省くとして〈小説読みのプロでもない私にそれがみえるはずもない〉、ではじっさいに、「静謐の日」はどういう小説なのか。未読の読者のためにもそろそろその内容をここに紹介しておくべきだろうが、これがなかなかむずかしい。というのは、やはりタイトルで予感された通り、何ごとも起こってはいないからだ。なるほど房子という、仕事を持っている二十代後半とおぼしき未婚の女性が作中に登場して、主人公らしく描かれはする。彼女はある男と間違い電話がきっかけで深夜に長電話をするようになり、やがて〈会ってみましょうか〉と話はすすみ、そしてじっさいにホテルの中二階のロビーで二人は会うことになるのだが、小説はそこで終わっている。ふつうに言えばそこからようやく物語ははじまるだろうに、なんとも不充足な終わり方のようにみえる。しかし、そうではないだろう。むしろ出来事の一歩手前が執拗に叙述されることによって、それに沿って大いなる待機の時間がきりもなくふくらみ、熟成されてゆく感じ、といえばいいだろうか。まだ何ごとも起こってはいないのに、いやだからこそ、途方もなく豊かで、何も欠けていない時間。

もうひとつ不思議なのは、房子とは別に〈私〉なる者も登場するけれど、作者と等身大と思われるこの〈私〉

と房子との関係が一向にあきらかにされない。友人なのか隣人なのか、あるいはそういうことでは全くなしに、ヒッチコック映画のヒッチコックみたいに、作者そのものが物語内容に顔を出しているということなのか。だがときに行為の主体が房子なのか〈私〉なのか、一瞬判別がつかなくなる箇所もあり、全体に、〈私〉も房子も、物語以前の大いなる待機の闇に溶け込んで、彼女たちみずから人称以前ともいうべきその闇の主体を形成しているような雰囲気がある。

とそんなわけで、この小説の内容紹介のためには、あるかなきかの筋なんかよりも、作中のひとつの文——ごく目立たない微ながら「静謐の日」の物語言説の雛型を成すと思われる文——を引用する方が、むしろふさわしいような気がする。まだ冒頭に近いこんなくだりだ。

(……)房子のほんの目と鼻の先で男の肩が揺れたかと思う間もなくパチンコ屋に消えた。流れから横へそれ、路地や商店に入る人はいくらでもいるものだが、いささか唐突な感触が残った。男に肩からまともにぶつかられたわけではないのだが、人の生暖かさに触れても眉ひとつ動かさなかったあとのひどく過敏なのか鈍いのか判別がつかなかった時に似た空白がひろがっていたのだと後々気付いた。

ある感覚が語られているが、尋常一様の語られ方ではない。通俗小説ならそこから物語が始動してもよい〈男からまともにぶつかられた〉ようなあからさまな出来事、だがここではそこから文章は〈わけではないのだが〉と屈曲して、〈人の生暖かさ〉云々という別の体験を喚起し、それに〈似た空白〉と、ようやく話題の中心を提示するにいたるのだが、さらにそれは、〈後々気付いたのだ〉とその事後性をあかすかたちで、もう一度屈曲してゆく。「静謐の日」において、いっさいはこんな感じですすむのである。そう、ちょうど私のくだんの詩が、テレホンカード落下の一瞬を、〈ひらり／らり／り〉とスラッシュによって微分していったように。

この屈曲、このスラッシュ、それをより意味深く襞と言い換えてもよいだろう。「静謐の日」では、電話という小道具とも相俟って〈耳を澄ますこと〉が重要なモチーフのひとつになっていると思われるが、静謐さのなかでさまざまな音が捕らえられている。それはさながら、聴覚という感覚器官の受容面いちめんに襞のようなものが作られて、そこに音がたまってゆくというようだ。つまりあろうことか、そのさまが文体にも反映されて、というか書くということが感覚器官の受容面そのものに変容して、とても屈曲した、襞の多い、したがって読者としては一息に読むのがかなり困難な、「静謐の日」独特の文体を生み出しているかのごとくなのである。

このいわば内在の襞をつくり出すということが、おそらく「静謐の日」の最大のたくらみになっているのではないかと思われ、電話だけの関係だった男女がやがてほんとうに出会うにいたる機微というのは、実はこの襞のはたらきを試すための口実にすぎないような気さえする。そればかりか、房子と「私」という人称の錯綜もこの襞によってもたらされたものではないか。それはまあ言い過ぎとしても、内在の襞が、外在の襞ともいうべき多様な生の局面を取り込んで、今度はそれ自体手袋が裏返るように言語化＝外在化されてゆく。するとそこに、フィードバックする時間の感覚とか、自他をめぐる微妙な閾のゆらぎとか、「静謐の日」ならではの貴重な文学の贈り物が置かれている。この小文の最初に述べておいた私の共振、それをあえておぼつかない批評の言葉に置き換えるとすれば、どうもそのようなことになるのではないかと思う。

ところで——とここからが言いたいことのすべてだが、ジル・ドゥルーズの『襞——ライプニッツとバロック』という書物によれば、襞はバロックの特権的な形象であり、そこでは内在的な襞と外在的な襞とが互いが互いを反復するように展開したという。とすれば、われらがこの「静謐の日」も、中沢けいにおけるバロック、あるいはバロックとしての中沢けい、ということになるのだろうか。恐るべし。

（詩　人）

短編集『曇り日を』――〈記憶〉の連鎖――

菅　聡子

『曇り日を』（福武書店、88）は、一九八七年から八八年にかけて発表された七つの短篇――「雨も宵も」（「海燕」87・4）、「春は暮色に」（「海燕」87・9）、「わがそでは」（「LEE」87・10）、「曇り日を」（「海燕」88・1）、「列車にて」（「海燕」88・4）、「月日の愉しみへ」（「海燕」88・7）、「天と窓と」（88・10）――を収録する。母親の死、外国への旅、娘をめぐる日常のできごとなどいくつかのエピソードが連鎖しており、それらを手がかりに視点人物〈私〉〈女〉についてのゆるやかな連作短篇ととらえることも、またそれぞれ単独の短篇として読むこともできる。

だが、この七篇に共通する最大の特徴は、具体的なドラマやストーリーを抽出することがほとんど不可能に近いような、いわば朧なその輪郭にある。実際、『曇り日を』に収録された短篇を翻訳するとするなら、かなりの困難を伴うだろう。語られている物語の時間は自在に過去と現在を往復し、語り手の現在の時間・場所すら、しばしば読者は見失ってしまう。あるいは、一人称の〈私〉によって語られていたはずの物語が、いつのまにか他の人物の視点へと移動している。いったい、語っている〈私〉とは誰なのか、作中の〈男〉〈女〉とは誰なのか、すべては曖昧なままだ。

このような『曇り日を』収録作品に共通する特徴について、千石英世『異性文学論』（ミネルヴァ書房、04）は、〈筋のある話、主人公がいて、対立者があって、連続する事件と時間の継続があって、然る後に和解なり解決なり別れなりの結論がある話〉を〈忌避〉していると指摘している。プロフィールも定かではない語り手によって、意識の流れのままに無秩序に言葉が紡がれる。すなわち、ここでは言葉を発する主体であるはずの〈私〉の曖昧さ、視点人物のなだらかな移動といった、語りそのものが発生する地点それ自体がともすれば消去されようとする、そのような語りのスタイルが選択されているのである。よって、七篇をゆるやかな連作短篇としてとらえるとしても、各篇に示されたエピソードを抽出して語り手の過去を再構成するといったような作業は、ほとんど無意味に等しい。むしろここでは、語り手の言葉の連鎖それ自体に読者の側も身をまかせることで、『曇り日を』の世界を楽しむことにしよう。

ところで先に《無秩序に言葉が紡がれている》と述べたが、一見《無秩序》に見える言葉の連鎖は、しかし実は《無秩序》なのではない。その連鎖の鍵となっているのは〈記憶〉である。たとえば冒頭に配された「雨も宵も」では、一人称によって語りがすすめられているが、しかしその一人称の主語〈私〉は省略されている。語り手は、〈中原〉という昔からの知り合いである男性と仕事に同道している。その中原との同道の時間を語りの外枠としながら、語り手の意識はまず、〈一年ほど前〉〈酔って帰ってきたこと〉へとさまよう。しかし、相手は誰だったたか、場所はどこだったのか、判然としない。その日のことを〈ベビーシッター〉の記憶と照らし合わせるにつけ、ますます語り手の記憶は曖昧になってゆく。その〈思い出すことができない〉記憶は、中原との会話を間にはさんで、さらに語り手と中原と、そして〈彼〉との三人で麻雀をしたという学生時代の記憶へと連鎖する。しかし語り手は、三人目の〈彼〉が誰であったのか、最後まで思い出すことができない。つまりこの作品では、〈思い出すことができない〉ことによって記憶の連鎖が生み出されているのである。

あるいは、表題作「曇り日を」では、〈私〉が捨てたはずの〈安楽椅子〉が再び現れるところから〈記憶〉の連鎖が始まる。〈椅子〉をめぐる〈記憶〉は〈私〉のものであったはずだが、いつのまにか〈男〉の視点にゆるやかに移行し、〈男〉の物語が時間を往還しながら語られ始める。もともと〈椅子〉を愛したのは〈男〉であった。初めて自分の家を持ったとき、そこに十一脚の椅子を持ち込んだ。そこへ、さらに〈四つの椅子〉を持った〈女〉がやって来る。この〈女〉は全体の語り手である〈私〉であると思われるわけだが、そのことが語りの内部で明言されることはない。そのため視点人物としての〈私〉が特権化されることはなく、〈男〉の物語の導入、すなわち〈男〉による〈私〉の相対化が可能となる。〈男〉の枕が破れ、彼の夢のない眠りには〈粘りながら赤く燃えたもの〉が押し入った。その後、〈男〉は夢をみるようになる。そのたびに〈男〉はますます深く眠るようになる。枕が破れたことと彼が夢をみるようになることと、そして〈女〉がやってきたこととの因果関係は明示されない。もしかしたら、この〈男〉の眠りは外界への彼の拒絶、というのが強すぎる表現であるならば、徐々に自らを閉ざしていく彼を象徴していたのかもしれない。〈私〉が寝物語に子どもに読み聞かせる寓話は、いわば《ほしがりすぎた女の物語》だ。作中においては、〈男〉と〈女〉がどうやら破局したらしい、その理由やいきさつが語られることはない。しかし、記してきたような語りのスタイルによって、読者はさまざまな物語を再構成することができる。そしてそれは、言い換えれば語り手による物語の一元化をさける試みとも言える。

「列車にて」はそのタイトルが示すように、〈列車〉の中という閉鎖された空間の中での旅の〈記憶〉が想起される。〈私〉は一人ではない。〈私と彼女は特急列車の中ほどの車両のいちばん前寄りの席にいた〉。しかし、この〈彼女〉とは何者なのだろうか。それが明かされないままに、〈私〉の思いは列車の販売員からの連想で〈ミュンヘンからフィレンツェへ行く列車〉の〈回想〉へと向かう。以後、作中では〈私〉にとっての現在の旅と、過去の旅の〈回想〉とが交互にあらわれる。海外の国々を旅行した思い出は、〈私〉を〈言語〉をめぐる思考へと導く。海外での体験と言語、というとりあわせからは、すぐに異言語との出会いが連想されるだろう。しかし、外国語を話さなければならない、ということを媒介に、〈私〉が意識するのは自国語の美しさだ。そしてその思考は、やがて〈彼女〉と〈私〉はいったい何語で話しているのだろうか、という問いをも導く。そしてその問いに対する答もやはり与えられることはない。他の作品と同様に、「列車にて」においても明確な因果関係や物語の成立はさけられている。〈私〉に言わせれば、〈彼女〉とは〈私にとっての心理的な意味でのもう一人の私〉である。だが〈彼女〉と〈私〉はつねに共にいるわけではない。〈彼女〉が現れるのは、〈どうしても語ることの不可能な幾つかの眺めの微妙さ〉を〈私が私に語りたがっている〉ときである。その微妙なことがらは、しかし多くの小説にあるような〈複雑で未処理な感情の引き起こす度重なる衝突によって腫れてふくれ上がった心理〉のことではなく、もっと細々とした日常の些細な事柄である。ここにも、従来の小説の語り、すなわち《自己》の内面の苦悩を告白する、あるいはそのような苦悩ゆえにもう一人の自分が生まれる、というような近代小説の語りに対する異化が見られる。

ところで、『曇り日を』に収録された作品はいずれも、天気や季節の変化など、自然をめぐる描写から語られ始めている。そぼふる雨、赤い夕陽などとの感応の中で言葉が生まれていく。ここでの言葉は、何らかの意志をもって紡がれるものではなく、自然に生まれ出るものであるようだ。過去と現在の時間の往復と交錯、語り手の曖昧さ、具体的な物語が構成されないこと、といったその語りのスタイルとあいまって、『曇り日を』において中沢けいが試みたのは、《自己》を特権化することなく、むしろその輪郭を融解するような言葉の生成であったと言えるだろう。その意味で、この作品集はまさに現代の小説の言葉の可能性をさぐったものなのである。

（お茶の水女子大学助教授）

『喫水』——覚醒まで、吐瀉まで——

百瀬　久

「喫水」の初出は「すばる」一九八七年一月号〜十二月号。所収は単行本『喫水』（一九八八年五月刊行）、のち一九九一年集英社文庫『喫水』。ちなみに全十二章の作品内の実時間である、前年の暮から翌昭和六十一年（86）の暮までのほぼ一年間が、作品連載期間のほぼ一年前にあたる。

大学入学の年から十年目を迎える二十九歳の独身女性、久野冴子を主人公に、彼女と二人の男と一人の女によって構成される作品は久野の回想や漠然とした思いを巡って綴られる。二人の男は、丸岡徹と尾崎で、いずれも久野と「行為」を持つ関係である。丸岡には家庭があり、久野とは就職後に一度目の交際が半年ほどあり、一度離れた後二年ほど間を置いて再び交際している。尾崎は、久野より一つ年上で高校の同窓である。久野の小学校以来の友人が飯塚美子で、飯塚は尾崎との交際がある。尾崎は久野と飯塚が知遇であることは知らずにおり、飯塚も久野と尾崎の交際を知らない様子である。久野は二つの三角関係の蝶番のようだ。これらの人物の他に、久野冴子の両親、久野と尾崎の共通の知人である多田賢治とその家族（作中で多田は結婚し子どもを設ける）などが登場する。

この作品は約一年を通して、丸岡の家庭、〈日常、身の周りを整えている〉彼の妻の存在を知りつつ関係を続けることで、曖昧であった丸岡への気持ちに久野が気づくまでを描いている。複雑な人間関係でありながら意外な事件が連続するわけでなく、むしろ単調ともいえる久野の日常生活が続く。とはいえ、作品の中の「今」がいったいいつなのかは分かりにくい。それは作品の筋の流れを彩るように、久野の回想が、時には回想の中の回想として、実時間の流れに関係なく描写されることによる。

久野冴子はよく眠る。覚醒と睡眠の狭間にあって、感覚や記憶は渾沌としてその境界を朧化させる。それが作品の現在にまで及び作中の時間もまた朧化される。自立した一人暮らしの社会人に設定されながら、具体的な人物の印象が希薄なのは久野が眠る女だからだろう。眠る彼女は存在しながら不在であり、不在でありながら存在する。相手にとってはその場にいながらその場にいない、いるのにいない／いないのにいるのである。久野が丸岡や飯塚や母親と電話で会話する場面が描かれて行くのも、電話が、声はあっても身体はその場にない、いるのにいない／いないのにいる状態にするメディアであることによる。久野が丸岡との通話中に眠りそうになる描写も必然といえる。この小説は眠っていた久野冴子が半睡状態を経て目覚めるまでを描いた作品とも考えられる。

また、久野冴子はものをよく食べる。作中の「食」は嗅覚とからんで記憶の喚起を行なう一方で、〈軽い吐き気を喉で殺していた〉一章から食べ続けて〈胃を重くしていたにものが、ポリバケツの中へ移動してしまう〉十一章でついに逆流して吐出する話としても読める。あるいは〈こまやかな味の食物を口にしたいと思うことも久しくなった〉一章での感情が〈脂気のありそうな、あんな魚の身をいまここで食べてみたい〉という十一章での感情へと転換して行く話でもあるのである。

記憶と感覚を象徴する名の久野冴子と対をなすのは食と生を象徴する名の飯塚美子であろうか。その飯塚の部屋に通っていたのが尾崎である。飯塚の尾崎との離別について、久野は飯塚が〈尾崎とは直接に確認し合いにくい心持ちなり心残りなりの始末の相手として自分の存在に思い至る〉ことを感じつつも、〈相手の顔をまともに見るのも気恥ずかしいが腰を上げる気はさらさらなく、ただ身の内が騒がしいのを二人でもてあます。あんな身体の内の騒がしさは失われているかわりに、ひっそりと静まれば静まるほど目線が粘っこくなり、いつすえた腰を近づけてもかまわない〉尾崎への濃厚な感情は否定しない。尾崎は久野には〈ぼんやりとかすんだまま苦い汗の匂いを滴らせているような男〉として存在するが〈その声もその肌もかすかにしろ知る存在〉の影は射している。〈自分を侮辱することになる〉という飯塚の発言から尾崎には〈もう二度と会いたくないと固い心持ちでいるのだろうと〉思わせるものの飯塚の尾崎への〈別な感情〉も一方で久野は感じていた。同じ頃、「結婚」に懐疑的な丸岡の発言を聞かされていた久野には〈人を失うことがこわくなった〉という尾崎の〈誰かがいてくれたほうが助かる〉という飯塚との復縁を思わせる態度を肯定しきれない。久野は丸岡の代替としての尾崎への期待を感情に滲ませてもいく。抱えている「秘密」のせいか〈何か自分の胸の内の荒れ模様が理不尽に思われてならない〉気持ちの整理のつかないままの久野は尾崎に飯塚との再開を感じる。尾崎の「徹夜」の言葉に飯塚との眠らない夜のあったことを悟った久野は尾崎と〈見詰め合う不自然さを覚えて、恥し気な笑みをもらして目をそらせたものの、また、目と目を合わせて、吐息をもらした。〉この時、二人にはかつての濃厚な感情の往来はない。久野は尾崎との関係に終わりを感じる。〈別れ際には胸が重くなり、腹も苦しかったので早く一人に〉なりたい久野に訪れたのは、吐き気であった。

吐瀉された胃の内容物は久野の内部に沈殿した感情の比喩でもあるだろう。入浴によってそれらは洗い流されるが、最低限の消極的な摂食を喩えた〈お湯であれば生ぬるい汚れた少ない量に目をそむけてタオルをしぼり、そそくさと垢じみたところや匂いをたてそうな場所を拭うような感じ〉とは遠い全身を湯に浸りきる「良い心持ち」である。一つの浄化を経て、久野の水面下の素朴で素直な感情が自覚される。彼女の喫水が明らかにされる。「喫水」とは「船が水に浮く時、船体が沈む深さ。船の最下点から水面までの垂直距離」である。水面下にあったのはまた魚かもしれない。〈あんな魚の身をいまここで食べてみたい〉〈あの皿がここに欲しい〉〈あの人がつまみ残したものでなければ嫌だ〉〈舌の先へ、とろりとした魚の身の感触と匂いが戻ってくる。何を舌先に味わっているのか、含み笑いももれる〉久野の「あの人」丸岡への本当の思いがここで「魚の話が密かな打ち明け話」として自覚される。

十二章では、丸岡に〈身体を運ばずに会いに行きたい〉とは思うものの〈冴子は言葉を交すのも億劫になった〉とされ、〈丸岡に連絡しようと考えながら、電話もしなければ、あちらからの呼び出しもない日が幾日続いているのか〉と丸岡との再開に向けて電話をかけることが避けられるのも、かつての久野の存在の仕方が変化していることをあらわしている。久野の、回想という形で喚起されたそれまでの過去に向かっていた思いは、「老」「病」「死」という将来起こりうることへ転換する。尾崎への思いと共に吐瀉され空洞となった久野の内側を魚と丸岡で満たしたかったように、自分に訪れるであろう将来の自覚は、購入される新しい家を満たす丸岡と分け合う暮し方の模索だろう。〈石鹸の匂いを食物の匂いが薄れる店の戸口で丸岡の鼻先へ持って行ってかがせる〉ことで冒頭の〈油脂の匂いが表まで流れ出している〉店以来、作品につきまとっている匂い――米の炊ける匂いと互換した人の体臭も含めて――は拭い去られるのである。年が改まれば久野は三十歳になる。水面下に隠された喫水が現われるように、無自覚だった、隠していた本当の気持ちを自分のものとして意識するまでがこの小説には描かれているのである。新しく自分に訪れる未知の世代をこれまでとは異なる生き方で積極的に過ごそうとする女性の自己の獲得の過程が「喫水」のテーマでなのである。

（東洋大学講師／東洋大学東洋学研究所客員研究員）

注　眠りと電話の関連については根本美作子『眠りと文学』（中公新書、04・6）に示唆を受けた。

『首都圏』——かすむ都市・揺らめく意識——仁平政人

作品集『首都圏』の中に度々登場するものとして、電車やその路線図に関するエピソードがある。例えば二番目の「連山」では、上京したばかりの頃の体験として、東京では土地の具体的な位置を知ることよりも、〈電車の路線図の概略を頭に入れておく〉ことが重要だと知ったということが語られている。それさえ頭に入れておけば、〈地形はおろか西も東も見当がつかなくても〉どこにでも行くことが出来る、と。電車の路線図は、各駅の順序やそこを通る路線といった情報に特化している一方、現実の地理的な位置関係との対応で言えば、極端に単純化が施されたものであることは言うまでもない。しかし電車を主要な交通メディアとして生活する時、むしろこのような路線図の方が、私たちの現実的な経験を構成し、つくり出していくこととなる——〈頭は平面図に占領され、土地までが起伏もなく無際限にひろがる錯覚が生まれた。中央線の四谷と市ヶ谷の間にトンネルがあることを知らなかった友人がいて、毎日利用しているにもかかわらず幾ら説明しても腑に落ちない顔つきだった〉。中沢けいは『首都圏』について、〈東京をテーマに、散歩するような小説〉を試みたとしている（「自著を語る——『首都圏』」「NEXT」91・11）が、こうした電車の路線図をめぐる挿話は、この作品に示される〈東京〉をめぐる体験の性質を明確に示唆しているように思われる。

『首都圏』は、「街路」「連山」「湾岸」「環状線」「台地」「半島」「平野」「界隈」「東京」「普請」「改修」という計十一篇から為る連作小説集である。これらの諸篇では、主人公に関わる背景に共通する設定〈〈家人〉の闘病と死、配偶者との離別など〉も見出せるが、全篇を通じるようなストーリーがあるわけではない。むしろ、例えば一貫して三人称が用いられ、会話文が多用される「環状線」をはじめ、各篇には様式的な点を含めて性格の相違もはっきり見ることが出来る。こうした各篇に〈連作〉という性格を与えるものとしては、先に見た中沢の言も示唆するように、それらが共に〈東京〉をめぐる体験や思考に触れるものだという点が挙げられるだろう。もちろんここで言う〈東京〉とは、作中で〈私の言う東京は都内都下ばかりではなく近隣近郊も含めたもので、それより他に東京という感覚は私一個にはあり得ない〉(「東京」)とされるように、〈関東平野を覆い尽くす勢いで広がる〉都市化により〈東京〉化していく近郊の地域を含むものだ(むしろ主人公が現在身を置く場であるということもあって、作中で多く扱われているのは東京の中心部よりも近郊の地域であると言える)。このような〈東京圏〉をめぐって、作中では上京してから現在に至るまでの(「東京」によれば〈十二年〉にわたる)経緯や過去の様々な出来事、あるいは現在の日常的な体験等と合わせて、詳細な風景描写や、生活のあり方などについての繊細な記述が重ねられていく。ただし誤解を恐れずに言えば、こうした描写・記述を通じて、作中で〈東京〉という場の明瞭な姿形やその輪郭が示されているとは必ずしも見ることはできない。むしろ作中で繰り返し提示されているのは、〈東京〉という場の確たる形の捉え難さ、あるいはそこに身を置く者にしばしば〈錯覚〉をもたらすありようであるように思われる。

なるほど、こんな場所だったかと幾度もうなずくうちに、景色の方がおぼろ気にかすみ出し、目の内からしだいに遠ざかっていた。これまでに幾度も同じ感嘆をして来た。感嘆する度に、再び忘れるのだった。忘れてしまうと、街の細部と細部のつなぎ目が淡くなり終いにはつながらなくなる。(「界隈」)

自身の住む街の全体像が意識に留まることがなく、絶えずつながりを欠いた断片的な〈細部〉の集積へと変わってしまうこと。同様の事柄は、〈界隈というものが身に付かず、筋からはずれると、自分の周囲がとたんに表情を失ってしま〉う、〈まちがうはずのない場所で、ふっと気付いてみると方角の検討が見失われ〉るといった体験（「台地」）、あるいは〈面影を持たない街〉という端的な印象（「環状線」）など、形を変えつつ作中で数多く示されている。同時に作中では、車から見た都内のビルのひしめき合う光景が〈遠近感〉の狂いと〈錯覚〉をもたらすこと（「湾岸」）など、都市をめぐる〈錯覚〉の体験も様々に描かれていく。中沢は〈東京圏〉の新たに広がっていった場所について、〈思い入れや想像力を人間に与えてくれないから、すごく無味乾燥で、経験のほうさえあやふやになっていく〉（前掲「自著を語る―『首都圏』」）と述べているが、『首都圏』で繰り返し扱われているのは、このような〈東京〉をめぐる〈経験〉の不確かさであると言っていいだろう。

なお、こうした〈東京〉に関する記述と同時に、この作品が、〈知覚の麻痺〉（「街路」）や〈片目を傷つけられた〉ような〈時間の遠近感〉の狂い（「半島」）、あるいは自身のいる場所や他者の姿を〈幻〉や幽霊のように感じるといった出来事など、意識や諸感覚の揺らぎ・失調を数多く描き出しているということにも注意する必要があるだろう。「半島」には次のような一節が見られる。〈国語の時間に天候や景色の描写は、登場人物の心理を表現しているのだと教えられた。自分の心理を天候や景色に重ねてしまうことと、一個の心持ちをそれを越える周囲に捉えられているものとして受け取ることのちがいは区別されていなかった。〉ここでは風景描写を〈人物の心理〉の反映のように考える一般的な発想に対し、心理が〈それを越える周囲に捉えられている〉、つまり外的な環境との関わりの中で生じるものだとする視点が示されている。これは中沢作品における自然描写を考える上でも興味深い一節であるが、この点から見れば、作品に数多く織り込まれた意識・感覚の様相を、それを捉える

〈周囲〉＝〈東京〉という場を言わば照らし出すものとしても受け取ることができるだろう。

社会学者の若林幹夫は近代以降の都市の特質を、全体性を欠いて〈形の崩れた、想像することが困難〉なありよう＝〈非形象〉性にあると論じている（『都市のアレゴリー』ＩＮＡＸ出版、99・11）。ここまで確認してきたような『首都圏』における〈東京〉の〈散歩〉＝記述とは、正しくこうした〈東京〉という場の確たる形を欠いた、〈非形象〉的なありように触れ合うものであると言うことができるだろう。

ところでこの作品の様式的な特徴もまた、一面ではここまで確認してきた点との関わりから位置付けられるように思われる。『首都圏』の各篇は、相互のつながりを欠き、多くは時間的にいつのことかもはっきりしない、断片的な挿話や場面の集まりとして形づくられている。もちろんこうした点は、時に〈中沢節〉と評されるような、中沢文学の独特なあり方としても理解できるだろう。しかし同時にこれは、作中で〈切れ切れの〉〈印象と風景の断片〉（「台地」）として積もっていくとも語られる、〈東京〉をめぐる経験や記憶の性格ともちょうど対応しているように見ることができるはずだ。〈東京の雰囲気を、描写して伝えるのではなくて、文章そのもので出していくやり方〉（前掲「自著を語る―『首都圏』」）という中沢の言は、こうした作品の性格と重ねて理解することもできるだろう。

もちろん以上確認してきたのはこの作品のごく限られた側面であり、中沢作品に広く通底する「家族」のモチーフを始め、この連作集（またそれを構成する各篇）には問題化できる点が他にも多く残されていることは確かだ。しかしこの『首都圏』という作品が、〈東京〉という場の捉え難さと〈文章〉の次元を含めて触れ合うような、すぐれて中沢的というべき独特の趣きを持つ「都市小説」であることは疑いを容れない。

（東北大学大学院生）

『仮寝』――とけあう世界――　東雲かやの

刊行当時の書評において〈通読するのに難渋を強いられる〉（千石英世「文学界」93・9）と書き出された『仮寝』は、確かに、〈文体実験〉という意味づけ自体が好意的に思われるほどの〈難渋〉な作品である。鈴木貞美の表現に倣えばそれは、〈おもしろさ〉につながる〈引っ掛かり〉であるのかもしれない（「中沢けい論―ブンガクすること」「文芸」86・12）。しかし、作品中に見られる主語の極端な省略、人物の不統一な呼称、気まぐれにも見える視点の転換といった技巧の数々はすでに〈引っ掛かり〉を超え、積極的に読み手を突き放しているかのような印象すら与えている。

一九九二年の一月号から十二月号にかけて「群像」に連載された『仮寝』は、十二の章から成り立つ。それらを時間軸で整理してみると、姉妹が〈女親〉の七回忌の相談をするという第二章の年始の出来事が起点となり、そこから順に、二章から最終章へと進んでいることがわかる。花見頃の六章、八重桜の八章、〈炎天〉の九章、最終章の〈激しい秋の陽射し〉などが季節＝時間を明確に示し出すと同時に、作品に彩りを添える。第一章「夜汽車」の、桜井君子が出張のため夜行列車で西へと向かうという初冬の出来事が、最も現在に近い。

視点人物が桜井君子――篠原融間で度々スイッチされ、そこに日記を含む回想や偶然隣り合わせた人物の会話などがランダムに差し挟まれるため、作品は極めて断片的な様相を呈している。作品中には、一個人の感情や意識といったものはほとんど描かれない。むしろ、そういった生々しさの表出を頑固に拒否しているかのように見える。この意味で、作品中に描かれる〝不倫〟は、一つの関係＝現象以上の何ものでもない。そこから生み出される感情のやりとりは、重要な問題ではないのだ。君子と融の関係が〈女親〉と伯父との関係とどこかでつながりつつ発展されるようでいてそうではないし、第一、〈生きる重しのようにのしかかっていた〉伯父が〈女親〉とどのような関係にあったのかも明瞭に描かれない。それはただ〈旧聞〉という形で、君子らの家にうっすらと翳を落とすばかりである。そしてその情報量の少なさは、君子と融の関係についてもほとんど同様だ。――登場人物たちは、笑いもしなければ泣きもしない。ただいつもどこか〈不機嫌〉で、〈憂鬱〉そうに見える。その雰囲気だけが、断片のひとつひとつから溢れ出している。

そのような断片の数々をつなぐ一本の糸が、〈家の取り壊し〉＝改築という事件であると思われる。二章の「座敷」は、君子の実家――現在は姉とその夫融が住むその家――で、〈女親〉の七回忌の法事にあたっての相談をしている場面から始まる。その時姉は、〈この家もそろそろ建て替え時ね。〉と口にする。また、君子の日記から成る第五章「ポニーテール」に、まだ〈行為とも出来事ともみなされな〉いレベルでの取り壊しの話を過去に姉から聞き、その影響として〈棺桶選びの夢〉を見たと書かれていることから、取り壊しの話が以前からあがっていたことがわかる。そして、実際の取り壊しが始まるのが四月。七章の「空家」に詳細が述べられている。ところで、「空家」には、〈四月の光〉が繰り返し描写される。融はこれから取り壊されようとする、〈空家〉となった我が家で、〈暖かくもあり、なつかしくもあり、軽々として朗らか〉な〈四月の光〉を感じながら、次のようなことを思う。

見出した光が、明暗とともに新奇な発見ではなく、常に存在して彼が今まで見なかったものを見たに過ぎないことに安心を覚えた。もし、彼にその光の持つ好ましい特徴が見えなくなる時が訪れたとしても、誰か別の人間はその光を見て味わっているかもしれない。光の好ましさが彼の眼中から消える時は、遠い未来のことであるかもしれないし、また、次の瞬間ほんのささいなことで、例えば二階から人が降りて来て彼に声をかけたことで消えてしまうかもしれなかった。それでも、それは見方によっては必ず存在するものであることは、言い替えれば、他人が感覚していることを自分が味わい直しているとも言えるであろう。

「空家」における執拗な〈光〉の描写は、この、〈自分が感覚した以前に、人が感覚してきたことを発見した喜び〉を引き立てるためのものであろう。自己の認識を世界のすべてとするのではなく、自己と他者との認識の融合体として、世界を認めるのである。近藤裕子は、『静謐の日』、『喫水』、『首都圏』、『仮寝』の作品群を挙げ、それらの中で〈中沢けいは、自他という境界線をもこえたところで、「わたし」と仮りおきされるしかない者の意識の揺らぎをとらえる文体を生み出そうとして〉いると評し（「作家案内」『海を感じる時　水平線上にて』講談社文芸文庫、95・3）、「わたし」の存在に対する意識が文体に表出されることを指摘しているが、認識の主体を緩やかに捉えようとする融の姿もまた、作品に見られる〈文体実験〉と密接な関係にあるのかもしれない。融にとっては、先のような世界認識について語り合える存在である君子との関係そのものが、〈自他という境界線をもこえたところ〉にあるものなのだろう。〈だれがなにをし、なにを思っているのか、とらえられない〉（千石・前掲書）文体は、そのような自他の境界線を無効化しようとする志向とつながっているのではないだろうか。〈通読するのに難渋を強い〉る文体は、感情移入を経由して読み手の側に生成される主体＝個そのものの固定化を回避するための仕掛けであると言えよう。作者が『仮寝』に描こうとしたものは、主体すら曖昧にしてしまう、〝とけあう世界〟なのである。

家の改築は、八月末にあらかたの完成をみる。最終章「フライング」には、〈十月の二度目の日曜日の良く晴れた日〉に、君子の家族が揃って姉の新居を訪ねる様子が描かれる。〈あまりものを言わぬこと〉という覚悟を抱いて訪れた君子は、様変わりした家の庭の〈陽当りの良い場所〉で融とふたりきりになり、そこで、〈人違いみたいなものだったのじゃないか〉という、まだ〈輪郭を欠いた〉言葉を口にした。それは、十一章「雨夜」で展開された、苛立った会話の延長にあるものだった。取り壊された家は、姉妹が〈女親〉と過ごし、かつて姉の恋人として融が通った場所でもある。具体的に言えばその改築は、融にとって名実伴う主への転換を意味したし、〈女親〉を中心とした家族の過去の清算を意味しただろう。取り壊しの話が〈棺桶選びの夢〉につながること、そしてそれが〈女親〉の棺とつながっているであろうことは大変興味深い。しかし、そのような核心には、一切触れられない。ただ、君子と融の関係が新たな局面を迎えようとする雰囲気——、家の改築という一つの事件によってふたりの間にうっすらと境界線が引かれつつあるその雰囲気——、それだけが、第一章の「夜汽車」へと流れ出してゆくのである。〈陽が陰ると肌寒くなった〉との冒頭と、最終章の〈陽当りの良い〉新居とのコントラストを考える時、君子のいる場所は一層寒々しい。そこにはうっすらと引かれた、一本のラインが見える。それは、〈係わりと言うもののまったくないガラス越しに存在する人々の姿の方がより一層の興味を引いた〉という一節からも感じ取られるように、〃とけあう世界〃からの離脱を意味するのだろう。しかしその離脱は、独立とか確立などという言葉で片付けられるものではない。そこに表れ出た主体＝個も変わらず〈不機嫌〉で〈憂鬱〉そうだ。——しかも、彼女はまた他者とつながろうと、電話をかけたがっている。〈夜汽車〉での〈仮寝〉から覚めた君子のいる場所は、もとの〃とけあう世界〃なのだろう。時間的にも空間的にもすべてとけあい澱みあう『仮寝』の作品世界には、出口など決してないのである。

（関東国際高等学校教諭）

『仮寝』——気分の微分法——中村邦生

きわめて気分の内圧の高い小説だ。私はこの小説の隅々まで浸している気分のざわめきを味わうことに熱中した。気分と言っても、ほとんどが不機嫌なのだ。作中の言葉を使えば〈騒々しい憂欝〉。私は不機嫌に心惹かれ、夢中になったわけだ。実際、賑わしいほどの不機嫌であり、〈騒々しい憂欝〉である。

その心惹かれ方というのは、感情の揺れや曲折を記す場面を次々と引用したくなることなのである。ページをめくるごとに引用の誘惑へと唆されるのだ。と言っても、箴言・警句の類ではない。むしろ逆で、すっきり文意の完結するアフォリズムとなり得ないところ、意味を手繰り寄せるのに手間取る表現こそ心誘われるのだ。いや、私が引用という言葉で伝えようとしていることには、無理があるかもしれない。では、どういう事態なのか。

気分の屈曲が精細に描き出されれば出されるほど、立ち止まって意味の陰影に目を凝らしたくなる。そこは濃い情意の影を持っていながら、何か抽象性を帯びて漂い、捉え難い。もどかしい思いに駆られ、私は一連の表現をあえて文脈から外して、私自身の気分の書板に尖筆で刻み込むように読み直す。たぶん、もどかしさを愉しんでいるのだ。

『仮寝』の簡潔な紹介となれば、瀟灑な装幀（菊地信義のデザイン）に溜め息すら漏れる単行本に巻かれた、帯の文面を引けばよいだろう。〈姉と妹の思い出の家。義兄と妹の秘められた関係。迫る感情の破綻とその回復の方法を、スリリングな文体で探る〉と。

　義理の兄妹である篠原融と桜井君子との〈秘められた関係〉が、物語を起動させていることは確かだろう。しかし、私がこの小説に魅了されるのは、線状に進む不倫愛の展開にではない。むしろ話の流れを切断し、しばしば愛憎に軋む心の奥をどこまでも手探りして行こうとする、綿密に記述された気分の動きだ。

　不機嫌という気分がいかに微細な感情の組成を持つものか、それを『仮寝』はまことに粘性の強い文体で描き出した小説なのである。あたかも気分の微粒子の動きを追うように、私たちは微分化された感情の放射にしばしば息を詰め、目を凝らし、耳を澄ます。気分というものが、いかに荒々しく振る舞い、跳梁するものか、もはや〈気分〉という呼称すら狭隘すぎるのではないかとの思いを抱く感情の領域にも踏み込む。

　例えば、君子の〈騒々しい憂欝〉について次のように記される。彼女は顔を洗いながら、〈ああ、もう嫌だ、と、耳のそばで自分の声が囁いた〉のだが、その日に限ってはいつもの洗面台の前の手順を止め、鏡に見入る。

　　何喰わぬ顔だろうか、ぼんやりした顔だろうか、上の空の顔だろうか、いずれか答えてみろと問いかけるがごとくに、目の縁が赤く染まっていた。動きというものを意識して停止していると、初めは小声でしだいに高く、終いには叫び出すより激しく、嫌だ嫌だとくり返す勢いは地団駄を踏みたくなるような興奮を運び出した。かなり騒々しい憂欝の有り様に当人が当惑した。あえて武骨な比喩を使えば、ブルドーザーとか掘削機でも持ち出したような騒ぎだった。

　あるいは、春先の〈気分の取り留めなさ〉が省察される。それは、〈誇張を恐れずに言えば、自分の時間感覚がまるで刃物をあてがったように、前後とも切れ、他人の時間感覚の流れの淵にことさらに身を乗り出して、漸くに、やり過ごしている〉という心的状態であり、明け方の郊外の高速道路の走行に準えて、〈三車線とも視界の中に先行車は見えないばかりか、対向車すら希れで、バックミラーやサイドミラーのやはり走行する車の無い無人の景色の中へ車諸共、運転手まで吸い込まれる錯覚に手を焼く〉事態に似ている。

〈鏡の中の景色との同一化が集約の方向への整合性の崩れであるとすれば、車線から車線を渡り歩く蛇行は散漫の方向への整合性の崩れ〉として示される二重の崩壊感覚だ。すなわち、〈散漫と集約の方向性を持った感覚の歪み〉とも要約できよう。誰しも自分の経験した体感と具体的に照合したくなるが、ここでの気分は、言語表現という微分化の行為によってのみ感得できるものなのだ。

『仮寝』のこうした気分の描出は、君子よりも篠原融の方が念入りに試みられている。それと言うのも、融は神経に自縛されている男だからだ。〈神経質と呼ばれる気質ほど彼が嫌って来たものは、他にあまりなかった〉し、〈神経質な性質を隠そうと努め続けた事が却って無理を含み出したと、漸くに自覚される〉ように、〈神経質〉が屈曲した自意識の芯を作っている。

以前は他人の顔にあらわれた気むずかしさに神経を使ったものだったが、今は自分の表情にあらわれるものに反射的に落ち着きを失ないかけるのだった。狼狽は勿論自身で自分の顔を眺めて生まれるわけでは無く、自分よりも若い人の顔に現われたものから逆に推量される自分の顔付きによって生まれた。が、あわてふためいて取り繕いにかかった時の滑稽さときたら、一寸思い出すだけでもやりきれない醜さがあった。

男の意識の、いわば自己劇化（セルフ・ドラマタイゼイション）の呪縛。〈神経質を隠すために過剰な反応を示す神経〉を持つ一方で、〈感覚の強弱を推し量ることを内心の密かな愉しみのひとつ〉に数える拗けぶりも示す。この拗けた気分は、〈自分の感覚の不安を傍の目につかないように押し包み、あえてその不安の上をそろりそろりと歩み出したい誘惑に駆られた〉とも表現される。自意識の反照のドラマとなれば、何やら漱石的登場人物を想起させるし、近代文学で繰り返し描かれてきた人物像の一つとも感じられよう。しかし、気分の細かな息遣いに分け入る精緻きわまる筆力は唯事ではなく、この唯事ならぬ筆圧の高さこそ、この小説が今の私たちの時代に漂う空気を呼び入れていることは確かだ。

篠原融は〈感傷の過剰〉を自ら持て余している人物であるが、大きな理由に家の改築がある。取り壊す建物は配偶者の家であり、ということは君子の育った家でもある。空き家に佇み、〈これはただ解体を待つばかりのただの剥き出しだという嘆息を誘いながら、溜め息が溜め息にならない〉のだ。彼は仮寓に住んでいる。そうであればこそ、『仮寝』とは意味ありげなタイトルとなる。「仮寝」とは融と君子との仮の関係の謂ばかりでなく、二人の境界的な場位をさ迷う人生そのものと考えるべきだろう。言うまでもなく、彼らのそれぞれの家庭生活もまた〈仮寝〉なのだ。すると、〈ただ解体を待つばかり〉なのは何か。誰しも察しがつくことだ。

融と君子が相似的な縺れた気分を持ち寄って密会をする場面は、否応無く私たち読者を緊張させる。二人が面と向かえば、互いに抱えていた気分の陰影は、くっきり感光しかかる。剥き出しの感情の暴発を辛うじて抑えつつ続けられる二人の最後の破局的対話は、薄絹に鋭利な刃物が隠されているような緊迫を秘めている。夏の光の眩しい日、細く開いた襖の隙間から、君子と姉がポーカー・フェイスに遊び興じる姿を融が覗き見している光景と並び、作中で最も脳裏に刻まれる場面だ。

この小説に描かれた、関係の軋みの胚胎する気分の微細な動きは、必ずしも私たちの現実的な感覚で追認できるものではないかもしれない。それは書くという行為においてこそ微分化できるものであろう。それでも、『仮寝』を読み、その細密な気分の手応えを確実に感ずるとき、私たちはひりつくほど多感な存在に変貌しているのである。

（大東文化大学教授・作家）

『楽譜帳』――鈴木和子

『楽譜帳』（集英社、94・8）は、「女ともだちそれから」と副題が付けられ、「すばる」に連載（94・2〜6）された「案内記」「楽譜帳」「日記帳」を収録した作品集である。

『女ともだち』（河出書房新社、81・11。初出は「文芸」81・6）は、〈私〉の視点で、二十歳前後の〈私〉（上田）、谷里隆子、中村とき子の生活、交流が描かれてきた。どこかで見た、聞いたようなエピソードに、同時代の頃の自分を重ねた読者も多かっただろう。しかし単に若い女性の風俗を描いた小説というわけではなく、平凡な女性たちが〈おのれの生の条件の中で、この条件を内側から、最大限充実させようと〉（川村二郎「文芸時評（七）」「文芸」81・7）している姿が評価されている。

『楽譜帳』も、『女ともだち』と同じトーンで、彼女たちの一三年後が描かれ始める。

「案内記」では、〈私〉は亡くなった女親の同級生からの電話に、「年が明けると九年になります」と言った一言がきっかけとなって、『女ともだち』出版当時のことを思い出す。女親の四十九日を済ませたある日、『女ともだち』の表紙の装画を描いた有元利夫氏の訃報を知ったからである。『女ともだち』出版当時からこの一三年間の、いわば〈私〉の「それから」である。そして登場人物である隆子ととき子が、前作を読まない初めての読者にも紹介される。

「楽譜帳」は、〈私〉が女親の見舞いのために新所沢の病院へ通っている頃、隆子から会いたいと電話があった〈雨の降る冷たくて静かな眠い冬の日〉から始まる。

佐藤洋二郎は集英社文庫「解説」で、〈敢えて作品の主題を問うとすれば「存在の不安」ということになるだろう。さしたることも起きない日常のぼんやりとした不安〉と指摘し、〈人生のちょっとした戸惑いやはずみが、大きな蹉跌となってくるという予感を精緻な文章で紡ぎあげる〉とその文体を評価している。

ちょっとしたはずみだからこそ、さしたることも起きない日常に不安が募ってゆくのだ。

自然食レストラン経営グループの解散から、女性問題の活動グループのできごとまでの一連のことは、隆子が直接関係していないことや、あるいは時間をかけた展開だっただけに、隆子を意気消沈させ、精神に沈滞の澱を残した。就寝中に、自分の寝ている場所を実家の子供部屋であると信じ込み、目覚めてから自分のいる場所がわからなくなるという錯覚も隆子を不安にし、打ちのめしている。〈睡眠中に起こる錯覚を少し薄気味悪く〉〈高校を卒業してからの時間が、だんだんに消える感じがした〉と隆子は述べている。高校卒業後、実家を離れて大学に通い、格段に世界が広がった。社会に出て、自分の進むべき方向が見つからずに巣立ちのできないでいる状態で、〈いつの間にか将来のことをまるで考えなくなって、その日その日を暮らすことに慣れ始めているのではないか〉と考えることは恐ろしいことだ。

隆子の過去の話を聞いている〈私〉は、隆子が〈自然食を食べさせる店にかかわり始めた時の違和感を、もう、ひとつ、冷やかな枠の中に閉じこめた気分で〉いる。さらに〈私〉は、新所沢の喫茶店で会ったあと、隆子が中村とき子の夫である平野と一緒に秩父へ行ったことも気づいている。しかし、決して突き放しているわけではない。

『女ともだち』について、佐々木基一は「読書鼎談」の中で、〈自分の周囲のともだちを主人公が観察している〉（「文芸」82・2）と述べているが、「楽譜帳」では、単なる〈観察〉から脱却している。「楽譜帳」は一行空きで区別される二三の章からなるが、八章までの視点は〈私〉に谷里隆子が混在しているものの、九章目からは最後まで隆子の視点で描かれている。隆子の視点で内面を描くことで、〈私〉の隆子への友情と深い共感が読者にも感じ取れるのだ。隆子の同居人の角田さんは自分の夢を叶えるべく、規則正しい生活をしている。新聞を読んで、世間話をする。隆子にとっては、乱れたリズムを立て直すためのメトロノームのような役割である。

隆子は読書し、抽象化した思考力を養い始める。大学への編入を決心する。決心させたのも劇的なことがあったからではない。周囲がお見合いを仕掛けてきて、具体的な将来展望を見せてきたからだ。

二十代の、特に女性にとって、周囲に傷つき、先へ進めないでもがくことは決して珍しいことではないし、人ごとでもない。自然なはずみで自分の思う方向へ軌道修正した隆子は途中のブランクの期間を〈「無駄だった」とにべもなく〉答えるまでに元気になった。「楽譜帳」は、いわば隆子を中心とした「それから」である。

「案内記」では、セゾン劇場で観劇している最中にとき子は、〈私〉に隆子の消息を尋ねた。何でもない会話のようだったが、「日記帳」では、その経緯が明かされる。「案内記」で芝居を見た二ヶ月後、今度は歌舞伎座で〈私〉は〈谷里隆子と平野の関係について漠然と知ったところであるような口振りを聞〉く。

これはいつのことだったのか。

〈私〉は『楽譜帳』を、この十三年間のことを平板な時間の流れではなく、時事のニュースなどを折り込みながら前後させて描いている。十年以上前からの記憶を掘り起こそうとすれば、手がかりになる事件を取っかかりにするものである。誰でも時期を特定できるできごとと、描かれた作品をまとめてみると次のようになる。

81年　『女ともだち』出版。（「案内記」）
85年　一月に母、二月に有元氏死去。（「案内記」）
89年　「楽譜帳」舞台。（女児誘拐事件・都議選）
91年　母の七回忌。セゾン劇場でのとき子と観劇。（「案内記」）二ヶ月後、歌舞伎座での観劇。（「日記帳」）
92年　隆子大学卒業。（「日記帳」）
93年暮　母の友人Aさんからの電話。「年が明けると九年になります。」記憶の発端。（「案内記」）
94年　一月半ば、とき子出産。隆子は大学出て二年目。（「日記帳」）『楽譜帳』連作発表。

『楽譜帳』連作は、誰の記憶にもあるような事件と、個人的な記憶が有機的に絡み合った〈私〉の意識の中で、三人が成熟してゆくさまを定着させた作品である。
「日記帳」は三人が花見に出かける場面で閉じられる。三人の記憶が一致したところで、次の「それから」を予感させる。

（近代文学研究者）

『楽譜帳──女ともだちそれから』──谷口幸代

連作集『楽譜帳』（集英社、94・8）は、『女ともだち』（河出書房新社、81・11）の続編である。だからといって、登場人物たちの姿は過去からの流れを追って順序だてて説明されているわけではない。ありふれた時間軸の否定から中沢作品は新しい世界への第一歩が踏み出された。その先駆けは語り口と文体の変化だった。

それは『静謐の日』（福武書店、86・9）あたりから難解になり、九十年代半ばにかけて『豆畑の夜』（講談社、95・6）等で、主として話法、視点、句読点などの実験的な試みが繰り返され、次第に注目を集めてきた。『楽譜帳』は、ちょうどこの転換期に発表された作品だが、極端な難解さを伴なったものではなく、あたかもフーガのようにそうした試みを〈私〉と二人の女ともだちの日常にやさしく溶け込ませている。

連作の第一作「案内記」の冒頭と末尾を例に挙げれば、〈私〉は住いの買い替えの勧誘を〈家を買い替えたばかりなので〉と断りながら〈五年が過ぎた〉と語り始める。ここで〈私〉が現在の家に越してきてからの時間の堆積がまずは示され、次にその言葉と呼応するように〈四十年が過ぎました〉という電話の声が〈私〉の耳に届く。声の主は母の同級生で、四十年とは卒業してからの年数だった。〈私〉の五年間は母親と女ともだちとの〈四十年〉という長い時間の底に沈み込み、古ぼけた卒業アルバムが像を結ぶ。

その残像が消える前に、母の死後経過した九年というまた別の時間が流れ込み、〈所沢〉という地名が発せられたのを機に、今度は〈錯綜する時間の乱れ〉の中から〈五年前の秋の日〉がくっきり浮かび上がってくる。〈私〉が母親の入院していた所沢の病院まで出掛けた日だ。〈私〉の身体は道順を覚えており、あやうく母の生前の習慣のままに病室へ向かいそうになってしまう。こうして幾重にも重層化された時間の中から、身体化された記憶や記憶にまつわる断片的な、しかし質感を伴ったイメージが映像化され、三人の物語はそのあわいから静かに滲み出てくる。

いっぽう、「案内記」の末尾で、〈私〉は〈右のポケットに鍵、左のポケットに巻尺〉とつぶやく。同じ五年前、引越し先の部屋の寸法を計りたいという衝動にかられた〈私〉は、鍵と巻尺をもって部屋へ向かった。この言葉は、〈私〉の中に計らずにいられないという感覚と数字として長さを明示する道具の違和が存在していることを意味する。〈私〉が計ろうとしているのは、自己という存在や自分の居場所といった計測不能な性質のものなのかもしれない。水道も電気も通っていない部屋で覗き込む孤独の淵は、隣室の声に勝手に応じていた前作とは比較にならないほど深い。その孤独で静かな語り口が『楽譜帳』の語りの基本的なトーンである。

このような物語のありかたは、『女ともだち』の表紙絵「こもりく」の作者有元利夫の画風を連想させる。『楽譜帳』の中で〈私〉は前作を語る際に、この絵と作者にふれている。独特の浮遊感覚で女性像を描いたと評される彼は、剥落や風化そのものを愛し、長い時間を経たような質感を出す工夫をしていたとされる。それは常に過去を語る形式をとり、時間を重層化させ、質感を伴う映像や記憶の中に女たちの物語を浮遊させる『楽譜帳』の世界と奇妙に響きあう。東京や郊外に生きる人間の孤独を描きだしてきた中沢が、『楽譜帳』でも成増、小竹向原、光ヶ丘といった土地で自らの生きかたを求める女たちを描いている点も、空間にドラマを創造するという有元の発言を思い出させるだろう。

さらに言えば、音楽性の志向という点においても両者の共通点を見出すことができる。二人には有元の絵と中沢の〈音〉をテーマにした作品が並ぶ『七つの音』（講談社、99・5）という本がある。〈楽譜帳〉をタイトルにしたこの作品にも音楽が流れている。喫茶店で谷里隆子と会った〈私〉が、独白めいた彼女の話を聞きながら、話よりもそこに流れていたジョージ・ウィンストンのピアノ曲に惹かれる場面がある。〈私〉は『女ともだち』では隆子の話し方について、肝腎な自分の話はしないと感じていたのに、この時は「私は」という言葉を繰り返す彼女の話しぶりに冷ややかな視線を注いでいる。ここから隆子の変貌と彼女の話を聞く〈私〉の変貌の両方が合わせ鏡となって映し出されていく。

〈楽譜帳〉とは一体なんだろうか。そこに記された音符や記号は演奏されることによって何度も再生され、聞く者に常に新たな感動を呼び起こす。中沢はピアノ曲のメロディに物語を漂わせながら、言語の芸術である小説の世界に音符を比喩にして読者に参加を求める新しいストーリーを組み立てようとしたのではないか。この点にこそ『楽譜帳』の語りの本質、ひいては本作が〈楽譜帳〉と名づけられた意図を読み取りたい。近年の中沢がブラスバンド部で全国大会をめざす少年の姿を描いた『楽隊のうさぎ』（新潮社、00・6）やその続編として敢えて無口な少女を主人公に設定し、耳を通したドラマをめざしたという『うさぎとトランペット』（同前、04・12）で、音楽を伝達の媒体として主題に据えているのは、こうした意図の延長上にあるものととらえたい。

むろん前作からの読者の最たる欲望は登場人物たちの後日談として読むことにあるだろう。人物ごとに整理してみれば、前作ですでに小説家だった〈私〉は、子育てや母の看病という多忙な中で執筆を続けてきた。地質学を専攻していた隆子の方は、大学を中退したが、再び大学に戻ろうと思い始める。その決意を両親に伝えるため、彼女は郷里館山へ降り立った。その後、彼女は法学部に編入し、卒業後は法律事務所で働く。映画館でアルバイトをしながら女優をめざしていた中村とき子も、脚本家という仕事に新たな道を見出していく。家庭内では夫平野と隆子との関係に悩まされながら、出産へとたどり着く。

このように三人の足取りをたどってみると、たしかにそれぞれがひたむきに自分の生きかたを模索する姿が描かれている。母として子を育て、娘として母を看取った〈私〉、両親に決意を告げた隆子、作中で母親となったとき子、というように、〈親〉という存在と向き合う三人の姿を見出すことも可能かもしれない。

しかし、先に述べたように物語の語られ方の新鮮さを発見するなら、この連作集は単なる登場人物の成長を描いた作品ではない。とき子の未来に関する〈案外、教育ママかもね〉という予想を、〈私〉が決まり文句だと評する『楽譜帳』の終局部はその意図を再確認させる場面である。この作品では隆子のルームメイトで日本語教師をめざす〈角田さん〉が口にする決まり文句や、隆子の父親で高校の国語教師の〈谷里先生〉が固執する文法よりも、〈右のポケットに鍵、左のポケットに巻尺〉のような呪文のように理解不能な言葉の方が〈私〉の感覚には有効だった。言葉の型の力に収まりきれずに徐々に浸透してくるとき子の物語を暗示させて『楽譜帳』は結末を迎えている。この作品で成熟したのは物語の語られ方である。

読者の欲望ということで言えば、この作品の副題や漱石の『それから』の引用、あるいは平野が隆子に雨に濡れた百合を渡すシーンなどから、漱石の三部作からの反響に耳をすませ、さらに続編を期待する読者がいても不思議ではあるまい。私は有元の画風と中沢の作風の共通点を再び思い返し、今度は『楽譜帳』の表紙を飾る高山辰雄の「聖家族」との交響を夢想してみたくなる。

（名古屋市立大学助教授）

「夜程」を読んで――偏らない視線――

小林一郎

中沢けい氏は、一九五九年に神奈川県で生まれた。七八年、千葉県立安房高等学校在学中に書いた「海を感じる時」で第二十一回群像新人賞を受賞している。以後の活躍と近年の充実ぶりについて、ここに改めて記すまでもないであろう。

さて、『夜程』は、中沢氏が一九八九年から一九九四年にかけて「すばる」他の雑誌に発表した数篇と書き下ろしの一篇とを集めて、一九九五年に日本文芸社から出版された短篇集である。出版社のコピーには、〈空家になっている女の実家に男は誘われた。壁際で身を縦にしたままもたれ合いつつ、夜を過ごす二人……。夜の不安を描く表題作の他八篇を収録。男と女の密かな吐息を紡ぎ出す珠玉の短篇集。〉とあったのだが、中沢氏が、日常のささやかな出来事に静かに反応しかかわっていく人物たちを、鋭敏な感覚で細やかに創造し、描写していることに、新鮮な驚きを覚える。なかでも、この短篇集の表題ともなっている「夜程」の静謐さは、他の収録作品に比しても際だっていると思う。

最近、ファンタジーと呼ばれる文庫本を読む中高生の姿を、朝読書の時間や、電車の中で目にすることが多い。高校訪問で前任校を訪れた中学生は、図書室に、『十二国記』や『悪魔のミカタ』が揃っていることに驚喜していた。子どもたちに人気があるファンタジーと呼ばれる小説の特徴として、現実とかけ離れた設定、一人称の文体（三人称であっても視点が一方向）、説明的な内容、メッセージ性の強さ……、をあげることができるだろう。

明らかに中沢氏の作品は、こうした作品の対極に位置している。そこには、小説本来が有する魅力があり、小説を読む楽しさが満ちている。

ここでは、短篇集『夜程』の中から、「夜程」の特徴について整理し、その魅力に迫ってみたいと思う。

まず最初に、冒頭の一文である。魅力的な小説は、その書き出しによって作品の世界を集約し、読者の意欲を喚起する。名作と言われる作品の例を、ここで引く必要もないだろう。

〈列車は走り去った後にもなお、轍の放つ響きを広がる夜のしじまに残した。〉

夜の静寂の中に広がる世界が、物語への期待と興奮をかき立てている。そして、作者と同世代の人間にとっては、何とも懐かしい情景であると言えよう。あたりが寝静まった夜、線路からそう遠くない住宅街では、列車の音が規則的に聞こえてくる情景が、かつて珍しくないものとして存在していた。二四時間営業のコンビニや飲食店があって、夜でも明るく賑やかな時代に生きる現代の若者たちには理解しにくいだろうが、遠く聞こえる列車の音が、よりいっそうあたりの静けさを深く感じさせるのだ。

次に、〈夜〉について。「夜程」は廣漢和辞典によれば、〈よみち、また、夜行く道のり〉であり、晩唐の詩人、杜牧の詩の、〈夜程何れの處にか宿せん、山畳樹層層たり。〉が用例として記載されていた。

優れた小説とは、想像力を喚起し、思考力を伸ばし、感受性を豊かにするとともに、視野を広げるものである。言い換えれば、人生に資するものであると言ってよいだろう。

〈夜〉は細部を闇に覆うが、対象を浮き上がらせる。「夜程」の女と男の会話は〈夜〉の闇と静けさの中で交わされ、互いに相手の心を手探りでつかもうとしていく。〈夜〉が登場人物の思いを広げていくだけでなく、読者にとっても、場面が〈夜〉と設定されていることで、イメージを大きく広げることを可能にしている。まさに、「夜程」が想像力を喚起し、思考力を伸ばし、感受性を豊かにするとともに、視野を広げる小説であることの証左である。

そうした〈夜〉の向こう側にあった女の実家のある町への二人の旅は、朝食の場面で作者の手を離れる。光の中では、遠くのかすかな音はもう聞こえてこない。日の光があたりをくまなく照らしだし、登場人物たちも係累の存在を意識し、日常の現実と否応なく向き合うこととなる。〈夜〉が、物語を成り立たせているのであり、闇と静寂が、女と男をそれぞれ一人の人間として浮かび上がらせているのである。

二番目は、名前のない登場人物たち。この小説の魅力のひとつは、〈夜〉という舞台の上で、互いに強く自分を主張することなく、しかし相手に迎合することもなく、言葉少なく語り合う女と男の微妙な心の動きをとらえているところにあると言えよう。

すむ人のいなくなった女の実家で交わす断片的な言葉のやりとりは、曰く言い難い緊張感を醸し出している。そしてその夜から一年が巡って、二人は、再び〈夜〉という雑音を遮断する状況で、互いの存在を意識しあう。ためらいがちに、静かに言葉を選んでいく。冒頭の闇の奥から聞こえてくる列車の音は、互いの心を明確につかむことができずに、直接的な言葉を発するのをためらいあうもどかしさを象徴している。

女はなぜ男を誘う気になったのか。女の〈一度だけお金をもらいたいと望んだことがあったわ〉という言葉の意味は何なのか。男のみならず読者の想像力をも喚起する。

さらに、四番目に、作者の巧みな表現力をあげたい。冒頭の擬人化された列車は小説に奥行きを与えている。

また、女の実家での夜明けから早朝にかけての描写は、存在の危うさとはかなさを際だたせていると言えよう。会話のないバーで、ホテルで、行間からより多くのことを読者に語りかけてくる。既視感についての件りは、小説の枠組みを離れ、現代社会に対するひとつの評論としても読むことが可能であろう。そして、光の中の少し遅い朝食の食堂の場面は、非日常的な世界にいることを可能にする〈夜〉と、現実社会の拘束を受けざるを得ない〈光〉との対比を示していると言えるだろう。

最後に作者の視線の在り方をあげたい。女の肩をもつこともなければ、男の立場に立つこともない。どちらに偏ることなく、冷静に、客観的に世界をとらえていく。世の中は複雑で割り切れないとわかってはいながら、いずれかの登場人物に感情移入したくなる。しかしながら二人のどちらにも、作者の思いは重ならない。偏らない視線を、そこに感じとることができる。

中沢氏の一方に与しないこうした客観性は、近作の「楽隊のうさぎ」において、よりはっきりと読み取ることができる。主人公の少年が受けるいじめについて、被害者の立場に立つのでなく、いじめる子どもたちの孤独を見つめている。蛇足になるが、「楽隊のうさぎ」は、中学生が主人公ではあるが、高校生にぜひともすすめたい小説だ。中沢氏の充実ぶりがうかがえる作品である。

近年、自分本位の悲惨な事件が後を絶たない。こうした時代だからこそ、偏らない視線が不可欠なのである。他者の存在についての想像力が、社会をよりよい方向へ導くとものと思うからである。

「夜程」は鋭く、公正、公平に時代をとらえる作者の感覚が創造した作品と言ってよいと思う。小説家としての中沢氏の力量を、今更ながら強く感じる。そして、短篇集『夜程』が、想像力をはたらかせ視野を広げる読書の楽しさを、思い起こさせてくれる一冊であることを確認しておきたい。

（埼玉県立常盤高等学校教頭）

『夜程』――個の揺らぎから回復への道程――

白井ユカリ

作品集『夜程』(95)には、「夜程」「日程」「小春日」「水着」「月夜」「川岸」「真夜中」「夜着」の八つの短篇が収められる。目次には、「夜程」「日程」と他の作品とが、アスタリスクで区切られて記載される。これは作品の分量による区分けである外に、一対に作られたタイトルにその理由をみることができよう。「日程」は、この作品集のための書き下ろしであり、『夜程』編集における「日程」の意味合いは注意されるべきである。

本の帯には、筆者の言葉として以下の記述がある。

ある日、辞書をひくと「夜程」という言葉に出会った。夜行く道のりの意味とある。(中略)夜の考えと昼の考えは同じ人でも異なるものだが、夜というものが失われつつある現代人の生活の中に、夜程の不安の匂いを嗅ぎとる時、偏在する夜は私の掌中に在った。

表題作「夜程」を始めとする〈夜程の不安の匂い〉をまとった作品群に対して、「日程」は〈昼の考え〉として配置されたと考えられる。「夜程」「日程」はともに、さまざまな疲弊によって個の自立が揺らぎ、身近な他の個と向き合う力が衰弱してきた人間が描かれる。結論からいってしまえば、個の揺らぎと回復への希求、それが両作品に通底する主題であるといえよう。ふたつは、同じテーマを写した陰画と陽画の関係にあると思われる。

「夜程」は、そのほとんどが夜という時空間で語られる。登場人物は名前を持たず〈男〉と〈女〉でしかない。

作品冒頭、女は今は空き家となっているかつての自分の家にいる。闇のなかで夜の列車の響きを聞きながら、幼い頃からの終電車にまつわる記憶を〈思い出したがっていた〉。おそらく女は、すでにこの時、個の揺らぎに対して、何らかの自覚があったと想像される。昔の家に赴くことは過去をたぐり寄せることであり、それによって現実のなかで自らを定着させようという、無意識の試みであったのだろう。女の傍には、女に同行して来た男がいる。〈近頃の僕は物の見え方が一定しない〉という男。同じものが、〈馴染んで見える時〉と〈よそよそしく映る時〉があるといい、〈ある覚束なさ〉を女に訴える。男の個も衰弱しつつあった。しかしふたりは、それをうまく伝え合うことが出来ないでいる。コミュニケーションの困難がみて取れる。

その夜から一年ほど経ったある日、女は〈一度だけお金をもらいたいと望んだことがあった〉と男に語り始める。女は自分の幻を見て、幻から逃れるように夜の街を歩き回り、その果てに金を望んでいたという。ストレートな欲求は、女の弱り切った心を甘く包み、辛うじて自我を取り戻したのだと告げる。その要求が、いつ頃の誰に対するものなのかは伏せられ、他人との軋轢を避けて、要求をうまく口に出せないことによる抑圧が、女に幻を見せたのだと仄めかされる。男は女の告白の意味するところを知ろうとし、女の過去の行動や言葉を何度も思い描く。そこには女への愛着が窺われるといえる。しかし、相手を探り合うような会話は、互いの核心に触れることができない。何かが失われるまでに、もはや猶予のないことを覚ったのであろうか。しばらくして、ふたりは旅に出る。これまでの夜の風景から一転、そこは真昼の光が降り注ぐ、女の実家に程近い海辺の街であった。

途中、〈既視感〉についての随想が挿入される。作者は、現代人は見知らぬものを見知ったものと感じる力が減少しているのではないかと推測している。〈既視感の減少〉は、自分を取り巻く世界をよそよそしいものに変えていく。作者は、そのことを個の揺らぎの要因とみなしている。既視の能力を支えているものは、既に見たもの＝記憶と、見知らぬものを見知ったものに塗り替える力＝想像力であろう。既視感の回復は、記憶と想像力の回復でしかありえない。

男と女は、〈現実とのえにし〉が切れる間際に来て、ようやく既視感の回復へ向かって走り出した。彼らはもとより地縁、血縁という社会的紐帯から切り離された存在であることが示唆される。漂う存在としてのふたりが、旅のなかで寄り添い、手さぐりで記憶を探しあて、そしてそれを語り合う。男と女はしだいに回復の兆しを見せ始める。女は〈様々なことを鮮やかにそして断片として思い出し〉、男が昔を語るその声は、かすれがちで細く震えていた一年前と比べ、〈芯に丸みが出て安定して来た〉ことが感知されるのである。

個と個が向き合い、想像力を媒介させて、個々の記憶を共通の記憶とする。その営みによってこそ、新たな現実との紐帯は結び直されるのだと、作者は伝えている。

「日程」は、随筆のような印象の作品である。約一年間の〈私〉の昼間の出来事が綴られる。

〈私〉は、〈概念〉や〈一般論〉だけを精神の支柱として寄り掛かっている輩を、〈連中〉と呼び、嫌悪している。連中は団塊の世代に属するらしい。〈私〉のかつての夫や〈相葉龍彦〉も連中のひとりである。相葉は〈私〉と同席した折、自分の浮気が原因の離婚問題を、〈個人個人が自由な生き方をすればいいんだ〉という一般論を拠りどころとして、平然と正当化してみせる。そこには〈情〉が欠如していると〈私〉は感じる。相葉は、妻から離婚の条件として、夫の〈後任〉を要求されたと憤慨する。妻は〈形式を整えたい〉といったのだという。後日、相葉が本当に自分の〈後釜〉を探しているという噂が、〈私〉の耳に聞こえてくる。

相葉の妻は、かつての〈家〉にあった形式を、現代の〈家庭〉に求めようとした。しかし、妻が本当にいいたかったのは、〈今まで二人で暮して来た生活の長さの重みに見合ったもの言いをしてくれ〉ということなのではないかと〈私〉は解釈する。この解釈は、実は〈私〉自身の願望であるといえるが、〈私〉が形式と情を重ねてみていることは重要であろう。

作中、〈余弊〉という言葉が出てくる。余弊とは回復しないで残っている疲弊をいうが、この作品では、ひとつには、連中のような世代を生んだ戦後の疲弊を指しているように思われる。〈連中〉の世代は、構築するよりずっとたやすい、〈様式や形式を破壊〉することに情熱を燃やし、家を家庭に変えた。その結果、家が内包した〈慣習や人情〉といったものを失い、家庭を背景とする貧しい個人主義が生まれた。それがまた、新たな余弊を生み続け、現在の世の中は〈余弊に満ち満ち〉てしまった。

〈私〉も現代人のひとりとして余弊に侵食されている。金銭感覚の不一致が原因で離婚した〈私〉の余弊は、〈悪魔〉や〈昔の自分〉という自己分裂を生み、それらは度々、金銭に関する〈流儀〉の変更を〈私〉に迫ってくる。余弊に侵された〈私〉は、最近〈周囲の眺めが途方もない美しさに輝〉き、〈恍惚〉に身を包まれるという。そしてそれは、不意に襲う〈絶望感〉と対をなしていると気付いている。〈私〉は、近ごろ新聞でよく目にする〈夢〉について考え、夢には〈忘我〉と〈虚〉の意味があるらしいとつきとめる。だとすれば、恍惚と絶望の日常を生きることは、忘我と虚の夢を生きることに他ならないといえるのではないか。

〈私〉の恍惚は、「末期の眼」という言葉を想起させ、また、夢に逃げ込むしかなくなった、現代人の余弊の深刻さを物語っている。個の自立における〈私〉の現状は穏やかとはいい難い。〈私〉は、これまで自分が固執していた流儀に変わる、〈新しい時代の落ち着いた生活の様式〉の出現を待ち望んでいる。

作者は、新たな様式や形式の確立が、それらの持つであろう温かな優しい枠組みが、個の回復のよすがであると期待している。この作品でも、未来への微かな明かりを指し示してくれている。

（成蹊大学大学院生）

『占術家入門報告』——星占いに惹かれる女性の物語——石嶋由美子

日本人は占いが好きだ。とくに若い女性には占い好きな人が多い。かく言う私も、決して占いが嫌いではない。雑誌に占いのページがあれば、とりあえず読んでしまうくらいには占い好きである。星座占い、血液型占い、四柱推命など、巷には多くの占いがあふれている。その中でも、いちばん一般的なのは星占いなのではないだろうか。

今や、女性誌での「今月の星占い」のページは定番であり、掲載されていない雑誌を探すのは難しいほどである。某雑誌から星占いのページを失くしたところ、購買部数が急に落ち込んでしまい、慌てて占いのページを復活させた、という話を聞いたことがある。朝のニュース番組のエンディングに、「今日の星占い」を流すテレビ局もある。長年続いている様子からしても、視聴率は決して低くはないのだろう。

星占いなんて興味がない、と言う人でも、自分の星座くらいは知っているものであり、実は自分の属する星座の持つイメージもまったく知らないわけではない。雑誌やテレビ等で目にする星占いを、一言一句鵜呑みにしてしまうほどではなくても、やはり運勢が悪いと出ればあまりいい気分ではいられない。無自覚なまま、星占いというものを受け入れている人は、意外に多いのではないだろうか。

『占術家入門報告』は、星占いに惹かれていく女性の物語である。主人公の矢部加奈子は、失恋をきっかけに、星占いを見ることにはまり込んでしまった女性として描かれている。加奈子は税理士の資格を持つキャリアウーマンであり、税理士事務所に通いながら安定した生活を送っている。同僚の中村典子といまひとつ気が合わないことを除けば、とくに不満もないままに日々を過ごしていた。けれど、失恋してからなぜか星占いに頼るようになり、星占いなしには一日が終らないような状態になっていた。

あるとき加奈子は、手相を占う女性と路上で受け答えをしているうちに気まずくなり、その場を逃げ出したところ、探偵の堂丸晃と偶然知り合いになる。たまたま逃げ込んだ先が、加奈子が通ったことのある歯科医院であり、堂丸晃は歯科医師の双子の弟であることを知る。

堂丸晃と知り合ってから加奈子の日常には変化が訪れるようになる。堂丸晃の同級生で占術家の藤島隆之と一緒に、占星術のカルチャーセンターに通いはじめることになったのだ。カルチャーセンターで占星術を学ぶうちに、占星術の実践的な側面より、占星術を裏打ちしているものの感じ方や考え方に興味をもつようになり、加奈子は占星術の古典的な著作を熱心に研究していくようになる。そして、いつしか加奈子は、女性雑誌の星占いのページがなければ気分が曇るという生活から抜け出していた。星占いの結果よりも、占星術という学問に惹かれていくようになっていたからだ。

そんな折、税理士事務所の顧客である海野浩平という青年から、恋人が失踪して困惑しているという相談を受ける。ある日突然、恋人の立原あゆみ（某少女マンガ家と同姓同名）が、海野の前から姿を消してしまったというのだ。ささいな口論の後に、立原あゆみは会社を辞めてアパートも引き払い、海野の前から忽然と姿を消していたのだという。この事件に、探偵の堂丸晃と占い師の藤島隆之も興味を持つようになり、加奈子は事件について二人と話し合うようになる。

そして、探偵である堂丸晃は独自に海野の恋人の足取りを追い、加奈子はホロスコープで海野と立原あゆみとの未来を占うことになる。堂丸晃の捜索により、比較的あっさりと海野の恋人は見つかり、加奈子は海野と立原あゆみの相性を占った結果を告げて大団円となる。コンピューターのソフトに関連した企業の社員である立原あゆみは、実在の人物と入れ替わり、敵会社にスパイとして送り込まれていたのだった。

この出来事が、小説の中の唯一の事件なのであるが、この事件そのものの成り行きにとくに意味があるわけではないように思える。テレビの二時間サスペンスドラマのように、加奈子と堂丸晃がコンビを組んで人探しと謎解きに奔走するわけではないし、加奈子が習い憶えた占星術で、ホロスコープを描いて未来を占って事件が解決するというわけでもない。加奈子が占うのは海野と恋人の相性であり、それ以上ではないのだ。

加奈子は、実際に自分で他人の未来を占うことによって、占うことの難しさを体験する。氾濫する象徴の言葉を探りながら、一方で占星術というもののたわいなさ、宿命を告げる言葉などではなくて、自分の心が作り出している虚構に過ぎないことをつくづく感じていく。加奈子の占いによれば、海野と恋人の相性は、恋愛期間に波瀾はあるが結婚後の相性は良いというものだった。その結果を海野に話すことさえ加奈子はためらうようになる。いつしか加奈子は、自分が占った未来を告げることによって、海野が占いの結果にとらわれてしまうのではないかという怖れを抱くようになっていた。

この事件の最中に、税理士事務所の同僚の中村典子が、いつしか占い中毒になっていた様子が描かれる。彼女は占いを徹底的に馬鹿にしていたのだが、パソコンで占星術のページを開けなければ気がすまないほど、とりつかれたように占いにのめり込んでいたのだ。加奈子が失恋から占いにはまり込んだように、中村典子の場合は膝の痛みが原因だった。身体の痛みを忘れる行為として、無意識のうちに占いの言葉を信じるようになっていたのだった。

人はなぜ占いに頼るのだろう。やがて、加奈子はその答にたどりつく。人は皆、現状に対して不安や不満を持っており、だからこそ未来を知りたがることに気づいたのだ。そうした不安や不満を打ち消したいために、人は占いを必要としていることを理解する。不安を抱えたときに、人は占いへと向かうのだと。そして、占いとの付き合いというのは、不安という悪友にも喩えられる感情との付き合いのためのレッスンという側面があることを知る。加奈子は占いを学ぶことによって、日々感じる漠然とした不安を、少し覚めた視点でとらえることができるようになる。以上が、加奈子の占術家入門の報告である。

物事を客観的にとらえることができれば、私たちは今よりももう少し生きやすくなるのかもしれない。「占いというものは、賭け事と同じで少し心得ておくといいんですよ」と加奈子の勤める税理士事務所の佐藤先生は言う。かなりの肥満体だが、仕事の上では素早くて有能な人物である。帳簿の数字に人間的欠点を読み取る能力と経験を持ち合わせている。数字が語る生臭さを嗅ぎ取ることは、加奈子や同僚の中村典子にはできない。たぶん、佐藤先生はバランス感覚に優れた人として描かれているのだろう。ラストシーンは、佐藤先生が自分が所属する野球チームの来期を占うところで終わっている。

人が星空を仰ぐという事をしなくなった、という言葉が文中に何度か出てくる。探偵の堂丸晃も、「星を眺めたことがある?」と、加奈子に尋ねる場面がある。現代では、天上の世界は単に物語の中にしか存在しない。天上の物語に逃げ込むこともできないほど、科学が万能の時代に私たちは生きている。たぶん私たちは、怖いと感じる相手が交代する時代に生まれ合わせているのだろう。神秘というものが要求する敬虔さが失われて、好奇心が肥大する時代だ。そういう時代に、星占いはとてもよく合っているのかもしれない。

（日本文学研究者）

『豆畑の夜』『豆畑の昼』――〈身体と景色の間の隙間〉――

高橋由貴

両作品に貫かれているモチーフは、形式に〈感覚〉の身代わりをさせることへのとまどいである。この身代わりは〈弔い〉として提起される。『豆畑の夜』『豆畑の昼』では、〈感覚〉が言葉や金銭といった形式に置き換えられる際の、物足りなさあるいは過剰さが語られているといえるだろう。

連作短篇集『豆畑の夜』では、金銭の授受を巡る話が度々挿入される。金銭の授受は、一見関係性を切断する代価に見える。実際、日本の〈乞食〉に渡す金銭は〈厄介払い〉の機能を果たすとされる。しかし、〈女〉がパリの少女に乞われる〈哀れみ〉の代価として金銭を施そうとする行為も（「易者の顔」）、倉島智子が別れ話の縺れた相手の男に金銭を要求する行為も（「豆畑の夜」）、金銭は〈感情〉〈慰め〉〈満足〉の一般的で最小の代価として機能し、逆説的に〈個別〉的な〈感情〉を消えないものとして認識させる役割を果たす。〈女〉が〈固定的な感情〉を〈味気なさ〉として斥け、智子が相手の男の繰り返す〈一般論〉に〈憤怒〉を覚えるように、『豆畑の夜』ではこの〈個別〉の〈感情〉や〈感性〉への拘泥が執拗に述べられているのである。〈夢〉についても同様のことが言える。〈淫するという感覚に近〉い〈夢〉の〈感触〉は、〈手を洗う姿をどんなにこと細かく描写したところで、せいぜい手の甲と流れ落ちる水と皮膚の間の感覚の齟齬を語る以上のものにはならない〉と、その記述の困難が語られながら、それでもなお本文は〈身体にまつわ〉る〈夢〉の匂いや感触の記述に費やされる。

これらは〈感情〉の置き換えという日常的な〈弔い〉と称されるのだが、語義通りの具体的な〈弔い〉としての葬式も度々記述される。葬式の儀式的な側面への拘りは、死者に対する恩や負い目といった個別的な〈感情〉が、儀式的なものへと納まらないことを逆に語り出す。正であれ負であれ死者からの贈与に対し、残った者は死者と対等になるような等価な何かを返すすべがない。だからこそ葬式は儀式的にならざるをえないのであるが、この返礼の形式が適切であるか否かを生者は一方的に判断できない。葬式の挿話には、この〈生活〉に基づく形式と精神的なものとの折り合いのつかなさが見て取れる。

『豆畑の夜』において展開される形式に対する〈感覚〉の問題は、和子を中心とする人びとの〈生〉の様相、各々の〈生きるつらさ〉の問題として改めて長篇小説『豆畑の昼』において据え直されていく。たとえば、作中に出される和子の手紙は〈感覚〉を書くことの困難を訴え、一般的な言葉やありふれた形式といった与えられる〈物質〉性を逃れる〈感覚〉への執着が窺える。たしかに和子も睦も〈言葉〉に対して過度に〈慎重〉である。当事者にとって〈深刻〉な人と人の交わり、これを〈卑猥〉な言葉に置き換えた同級生を睦が殴り、またこれを〈解剖学的〉に言い表した美術講師を二人が軽蔑するのは、〈慎重〉さの端的な表れである。この他にも、〈感情〉の絡まないことを片づける際の滑稽なほどの事務的な言葉のやりとりと、口をきかずに続けられる身体的な接触による快楽も、〈感情〉の置き換えに対する〈慎重〉さを証し立てている。

ところで、この和子の手紙は睦へ伝達される言葉の体裁をとるのだが、その文章において和子が出会うのは、どこまでも自らの経験と立ち現れる自らの〈感覚〉である。二人の交わりも〈ほんとうに一人でいたときよりもひとりでいる感じ〉、換言すれば内在的な自己の〈生〉の享受であると言える。この自己享受としての〈生〉は、〈こころという文字の変形であるりっしんべんを付け〉た〈性〉という言葉へと連なる。

〈感覚〉の拘泥とは、換言すれば自己への拘泥である。しかしこの〈感覚〉は、〈安住した場所〉に留まる停滞したものでないことは強調されるべきである。睦と和子の交渉が各々にもたらす〈安定〉とは、〈生きていく証左〉としての〈疲労〉、〈慰安〉としての〈眠気〉、〈身体を満たす喜びの響き〉としての〈欲望〉という、たしかに自己の内部に派生する全く自己完結的な〈感覚〉である。だがこの〈感覚〉は、肌や身体への他の接触から導かれるものであるし、〈成熟〉や〈老い〉という自己の内在的な運動性である。この三つの〈感覚〉は身体に響く〈和音〉に擬えられるが、〈声〉や〈音〉は、身体と一体化せず、だからといって身体から切れた位置にあるものではない。〈声〉や〈音〉は、〈魂魄〉としての自己の生成を意味している。

〈生きるつらさ〉は、この自己の内在的な〈生〉―〈性〉の問題であって、外部との関係性である「生き方」の問題とは区別されなければならない。「生き方」は金銭や形式に関わる問題であり、〈生〉―〈性〉は形式に還元できない自己享受の問題である。この二つが対照的に絡み合いながら、この物語を形作っているのである。

作中で漱石の『こゝろ』に触れる箇所があるが、『こゝろ』を読む視点の一方に金銭的価値の普及の問題を据え、もう一方に〈明治〉の〈喪〉の問題を据えているのは、故無きことではない。先生とKは金銭による庇護―依存関係にあり、この非対称性はKの〈努力と虚勢〉つまり〈「精神的に向上心のないものは馬鹿だ」〉という言葉と共にKが先生に〈軽蔑〉を送ることによって辛うじて解消され、対等でいられる。しかしこの一つの言葉のやりとりが、言葉に納まらない過剰なものを伴いながら、呪術的に二人の〈生〉を拘束する。先生とKの関係性は、そのまま『豆畑の昼』の人間関係へと接続する。その一つ、倉島の大奥さんとおしのさんの関係は、裕福な人間の形式的な勢力誇示と、それに対する〈田舎の人間〉の嫉妬という非対称性をなす。この優劣関係を対等に押し戻そうとするおしのさんの〈侮蔑〉という戦略は、先生とKの関係と相似である。非対称な関係性を作り出す金銭は、田舎の〈まとまりのある世界〉を〈のっぺりとした〉ものへと変える近代社会の〈光〉、つまり〈昼〉の問題として、ネオンや電波やテレビに形象化される都市の問題と結びつきながら、随所で呈示されている。

和子、睦、智子は、早い段階で自らの「生き方」を決定する。〈人生の作り方〉とは、近代の〈光〉が照らす〈のっぺりとした〉社会の中で、どのような境界線を引き、自らの納まる〈家室〉つまり器や衣装を選び纏うかを決めることである。東京で〈生活〉を営む和子、豆畑の家から出ないことを決める睦、倉島楽器店を継ぐ智子、各々は〈ルール〉や〈原則〉を自らに課す。しかし、〈生活〉を成り立たせる〈物質〉的な形式に納まらない〈情の動き〉が、彼・彼女らに常に浮上するのである。

本稿のサブタイトルは、『豆畑の夜』の中の言葉である。この〈隙間〉は、様々な形象を持ってあらわれる。〈感情〉〈感触〉〈夢〉あるいは自己の内部に折り畳まれ仕舞われている記憶を〈手順〉通りに辿り返すこと。豆畑の家へ至る道を道順通りに思い返すことが、和子の身体にもたらされる睦の愛撫と重なり合うように、和子にとっての内在的な〈生〉――〈性〉は、決して〈模型的〉で図式的なものではなく、時間的・空間的な過程を〈手順〉通りに辿る知覚・運動によって作り上げられる。〈生きるつらさ〉と対応する〈精神の拠り所〉としても〈隙間〉が要請される。〈この世にあらぬ〉異界を抱える世界観は、〈第三の座標軸〉といった様々な語で言及されるが、精神的な存在としての〈亡者〉を懐に抱く世界の〈隙間〉は、〈濃密な世界〉の構成になくてはならない。睦が聞く〈地の音〉も、やはりこの〈隙間〉に関わる。〈身体をつつむ〉〈柔らかな黒の妙霊な音〉は、身体と世界との間に割り込む。この〈地の音〉は、〈のっぺりとした〉世界の平坦さとは異なる、〈生〉の極めて〈個別的〉な〈感覚〉あるいは〈手触り〉である。身体を包み皮膚から感じる〈身体と景色の間の隙間〉、これが深さと〈黒色の濃淡〉をもった〈夜〉あるいは〈闇〉の拡がりとして呈示されているのである。

（東北大学大学院生）

『豆畑の昼』――重層する時間・小説の企み――

芳川泰久

『豆畑の昼』は秘かな企みを自らに仕掛けた小説である。先行する「豆畑の夜」（同名の作品集に収められている）とは、物語の舞台も主要な登場人物も共有する地続きの作品でありながら、『豆畑の昼』はその長さを利用してある企てを用意する。とはいえ、それはほとんど眼につくことはない。用意された企ての、どこまでを作者が把握しているのか、ひょっとすると作者の眼にさえつかないかたちで小説が勝手に喚び寄せてしまった出来事と言えるかもしれない。そうした出来事が眼につかないのは、この小説では全篇を貫くように、気候とか地勢とか風景といった姿を通して土地＝トポスへの言及が頻出し、しかもそのトポスをめぐる言説の陰にその企てが隠されてしまうからである。

トポスへの言及は、冒頭近くから、〈強い光と砂埃と荒い風は太平洋から直接に飛び込んで来る。半島の先端に突き出た岬を越えればもう太平洋だ。毎日ラジオから流れる定時の天気予報では岬の名を聴くことができた〉というようになされ、そのすぐ先には〈NOJIMAZAKI〉という具体的な土地の名さえ刻まれている。さらには〈あたりは一面の落花生の畑で〉と記され、小説の題名じたいにすでに色濃く風土が刻印されている。物語の主な舞台となる〈豆畑の家〉もまた、その地勢をめぐる言説と切り離すことはできない。

物語は、和子と睦の二人に焦点を集めながら、過去を回想して語るのだが、それはほぼ常に、こうした半島の突端という土地と地勢への言及を介してである。しかも作者は作品の冒頭から、〈また、何人もの作家が半島の強い光と耐え難い砂埃を作品で描写している〉と断りながら、この土地が描かれている三篇のテクストを自らのなかに導き入れる。それは、トポスを基盤とした自らの小説言説を重層化する試みにほかならないが、見逃せないのは、作者がすぐさま第Ⅱ章の冒頭で、〈透明な朝があった。ほんとうなら、この作品はそこから書き出されるはずだったのである〉と言って、『豆畑の昼』がほんらい別の姿をとりえたことを告げている点だ。〈ほんとうなら〉そのように〈書き出されるはずだった〉作品と、その作品が土地の共通性を蝶番にした三篇のテクストの導入によって蒙った変更。『豆畑の昼』が秘かに企みを育むのは、まさにその変更の過程においてである。

作者は三つのテクストを、たとえばこんなふうに自らに導き入れている。〈車中には東京ではほとんど見かけなくなった闇屋の姿もあったという時代である。昭和二十五年頃の風景らしい。（……）上林暁の「鄙の長路」に登場する風景は、本線から離れた支線のもので、車両は一両しかなく（……）木更津から延びた支線の奥の温泉宿で二十年も昔の浜辺の光景を思い出しているのである。その時は妻も同行していて、半島を南端まで降りたと言う。昭和四年と記述があった〉云々。あるいは〈町で宿をとろうにもどこも避暑客でいっぱいだという光景は、大正九年にこの小説が発表されてから半世紀過ぎてもそう変わらなかっただろう。ほんとうに変わったのは半世紀過ぎた後のそれからの三十年だった。避暑客たちが家庭での日常的な贅沢以上のものを求めたベッドルームに大浴場付きのホテルが、町の旧式な旅館にとって代わった〉云々。ちなみに参照される「この小説」とは、徳田秋声の「或売娼婦の話」である。さらには〈光の眩しい海の中から、ひとりの男が登場してくるというのが夏目漱石の「こゝろ」の冒頭の場面である。見慣れた海水浴の光景は時代の断絶を感じさせない。「こゝろ」は一九一四年の四月から八月にかけて執筆された。一九一四年と言えばサラエボでオーストリア皇太子が殺害された年で言うまでもなく第一次世界大戦の勃発した年だ。八月には日本も参戦しているから、「こゝろ」を書き終えたばかりの漱石もまたそれを報じる新聞を読んだにちがいない〉云々。

断っておけば、引用したのは、参照された三篇の作品のなかで、『豆畑の昼』との共通の土地が必ずしも充分に語られている個所ではない。にもかかわらずそこには、そうしたテクストの召喚が組織する企みの露頭が大胆に現れている。それは、三篇のテクストの書かれた時代と〈現在〉との〈風景〉や〈光景〉の異同を自らの語りに再利用する物語じたいを尻目に、淡々と組織されている。あたかも見えているところに置かれているがゆえに眼にとまらない〈盗まれた手紙〉のように。空間に収斂する土地＝トポスをめぐる言説の傍らに、そっと、しかし明示的に置かれる年代記述。そう、「鄙の長路」には、車中の描写の現在としての〈昭和二十五年頃〉と回想される〈昭和四年〉が、「或売娼婦の話」には、小説の発表年代としての〈大正九年〉が、そして「こゝろ」には、執筆時期としての〈一九一四年の四月から八月〉が刻まれていて、これらの召喚された年代を、一九一四年、大正九年＝一九二〇年、昭和四年＝一九二九年、昭和二十五年＝一九五〇年と並べるとき、こうした時間の布置が育む企みが顕わとなる。

作者も言うように、〈一九一四年と言えば（……）言うまでもなく第一次世界大戦の勃発した年〉である。そして一九二〇年（大正四年）とは、日本において、その第一次大戦によってもたらされた「戦争景気」（それは火力に比べ安価な水力発電のための山岳・湖沼の開発と、そうした新事業が惹起した株式投機によるバブルにほかならない）がピークをむかえた年であり、同年三月には、東京株式市場で株価の暴落がはじまり、長い不況にむかって坂を転がりだすのであり、「或売娼婦の話」はまさにその四月に発表されている。では、一九二九（昭和四年）はといえば、同様に大戦後の好景気から世界的に高じた投機熱がウォール街で一挙に瓦解した世界大恐慌の年にほかならず、やがて金融恐慌はヨーロッパにも及び、不況とともにナチ台頭を許し、世界をふたたび戦争へと駆り立てるだろう。そして一九五〇年（昭和二十五年）といえば、朝鮮戦争の勃発によって、またしても戦争の「特需景気」によって日本が第二次大戦後の不況から脱した年なのだ。

そこに組織されているのは、戦争と経済バブルとその崩壊のサイクルと言える。世界大戦の勃発、その後の戦争景気＝バブル、日本におけるその崩壊と世界的規模で繰り返される恐慌＝バブル崩壊、そして戦争によるさらなる特需＝戦争バブル。だがこれだけでは、企みは完成しない。というのも、『豆畑の昼』を読む者には、ここに、もう一つの年代を重ねることが要請されているからだ。それは、ともにこの小説にかかわる年代であり、〈ごく最近の睦の手紙がある。睦はもう立派な字を書かなくなっていた。日付は一九九〇年の十一月二十日である〉というように、ほぼ物語の「現在」を示唆する年代記述である。つまり一九九〇年十一月とは、その翌年に、日本のバブル経済が崩壊しはじめると同時に「湾岸戦争」が起こる、戦争とバブル崩壊の直前の時期であって、だからこそそれは、一九一四年（「こ、ろ」）と一九二〇年（「或売娼婦の話」）と一九二九年（「鄙の長路」）の同心円上に重なるのであって、こうした年代の重なりこそを、『豆畑の昼』は三つのテクストを介して、土地をめぐる言説の傍らに秘かに組織していたのだ。そしてこの年代の重なりが意味を持ちうるのは、その同心円という時間の重なりの構造性じたいによって、一九九九年という発表時期をも超えて、この小説がいまだ触知しえない「未来の時間」を、すでにそのようなものとして自らに取り込んでいるからである。たとえそれが、作者の企図を超えた偶然であろうとも、それを必然に変えるのがテクストの意志であり、中沢けいは『豆畑の昼』において、〈ほんとうなら〉という自らの意志に背いて、まぎれもなくこの意志に触れたのである。

（文芸評論家・早稲田大学教授）

『さくらさくれ』——関東平野のかなしみ——今井克佳

ちょっと読ませてくださいますか?

ああ、どうぞ、と手渡すが早いか、同僚の女性教授は、「さくらさくれ」をむさぼるように読み始めた。さすが、読書好き、本の虫を自認するだけあるその英語教授は、次第に本に覆いかぶさるように集中していき、近寄りがたい雰囲気を醸し出し始めた。図書館から借りてきたばかりのその本を先に読まれてしまった私は、自分が親からもらった玩具を、適当な言い訳をつけて姉にとられてしまった手持ちぶさたの弟のような口惜しさと、初見の小説にこれほどまでに没頭する姿に驚きを感じながら、なすすべもなく時が過ぎるのを待っていた。

すでに春の訪れがそこまで来ているはずの、東京都内の大学、入試監督控室の待機時間のことである。もし、読んだことがあるなら、参考意見を聞こうと、『さくらさくれ』の単行本を示して、問いかけた直後のことであった。いや、デビュー作しか読んだことはありませんけど、と言いながら、教授は私の本を奪ったのである。ものの十数分で読み終えた彼女は、続けて本の後書きも読んでいる。もう読み終わったんですか、と声をかけると、面白かった、とのこと。作者と語り手、登場人物と実在の人物たちが、ごちゃっと交じり合いながら交代する語り口に閉口しながら読みあぐねていた自分とはえらい違いだ。さすが、本読みとはこういう人のことをいうのだな、と感心しながら、さらに聞くと、ご本人と重なるところが多かったのだ、という。

関東平野のかなしみ。

いろいろ評してくれたなかで、最初に出てきたこの言葉が心に残った。短編集の中の、最後に置かれたタイトル小説であるとしても、その一編だけ読んで（後書きも読んだが）、短編集全体の雰囲気を的確に掴んでしまうところは恐るべきかな、と全編を読み返してみてあらためてそう思う。

作者より数歳年上かと思われ、東京下町生まれで、今は東京郊外に住み、高校生の一人娘の成長を見守りながら、インターネット草創期に立ち上げたホームページに、今も散策で撮った東京の風景や花々をアップし続ける彼女にとって、この短編集は、まさにジャストフィットだったのかもしれない。

彼女も、「さくらささくれ」の主人公のように、桜を求めて、関東平野をあちこちさまよったかもしれない。「まつりばやし」の〈木下祥子〉助教授のように、娘が〈雨の匂い〉をかぎ分けられるようになったことに誇りと淋しさを感じ、〈まつりばやし〉の記憶に複雑な郷愁を感じたかもしれない。そういえば、以前やはりホームページだっただろうか、お茶の水はわが青春の街、とでもいうようなことを書いていたのだから、世代は少し違っても、地方に戻った既婚女性〈松川高子〉が、お茶の水で、昔の恋人と再会する「宵の春」などにも思い入れてしまうに違いない。「大楠の木屋敷」は群馬県の話だが、勤務校の近くにある、樹齢数百年の大楠と数年前までそこにあった洋館のレストランが思い出されてならないだろう。どこかの薔薇園の写真もアップされていたから、バラ栽培業の男〈田中晋太郎〉が出てくる「砂と蟻」やバラの花咲く庭の移り変わりを扱った「うらの小さなばら」も入れ込んで読むだろう。危ないところだった。他の作品まで読みはじめられたら、きっとあのとき、返してはもらえず、図書館から借りた本をまた貸しする結果になったのではないかとさえ疑われる。その後、彼女は『さくらささくれ』を手に入れただろうか。

私はといえばどうだろう。私も埼玉県北部、利根川の流れる近くに生まれ、その後ずっと関東平野に住み続けてきた。川をはさんで近かった群馬県の山間部や東京都心の様子も含めて、この短編集に書かれた風景が身体にしみ込んでいるといえる。が、なんといっても、「砂と蟻」に出てくる外環自動車道の風景である。週に一度は、途中までほぼ同じルートを運転しており、その先の湾岸地域への道のりは、最近はご無沙汰しているが、何度も乗り入れたルートである。橋から見える荒川の風景、渋滞につかまる時の車の流れの推移、トラフィック・インフォメーションをラジオで聴く心理など、すべての表現の的確さに驚く。ただし、小説で運転しながら〈佐藤真理〉が聞いた〈オザケン〉（小沢健二）がミュージック・シーンから消え、めったにラジオから流れなくなってひさしいが、これもまた栄枯盛衰である。

人は本当に車を高速道に走らせながら、現れては消え、現れては消える、街や住宅や耕地や川に思いをはせ、あるいは自分の通ってきた道と変ってしまった人たちのことを考え、時間、というものを感じ取っている。バブルをはさんでここ二十年。いや、高度成長期から始まってここ四十年か。資本主義の発展という名のもとに変転を繰り返す、街並や住宅地や高速道路や耕地。それらがこの短編集の主人公たちであるとも言える。

そして変転する土地とともに現れては消える植物たち。楠や桜という時間を我が身に刻みながら動かずにいようとするものと、ばらやひまわりやその他名も無い夏草の盛衰と、都会と田舎の間を動き、留まり、眠り、生み、死んでいく人間という生命のかなしみ。

その植物たちと人間たちをつなぐ感覚が〈匂い〉のような気がしてならない。作者がことさら強調する嗅覚は、むしろ〈雨の匂い〉であり〈潮の匂い〉である。しかしその匂いを感じる身体が女性、たとえば成長する娘であり、記憶の中の若い母のものであるときに、何かしらそこには、植物との関連性を感じられてならないのだ。

都市東京も〈関東平野〉の一部である。登場人物や、語り手の寄り添う視点人物が女性であることの多いこの短編集で、私が唯一自分を重ねて読むことができたのは、「カラオケ流刑地」であった。〈桜井良一〉が週一で通う一人だけのカラオケは、まさに都市の「流刑地」としての孤独と悲哀と自由に満ち足りている。

逆に、ピンと来ない風景もある。それは海だ。「橋の下物語」に現れる〈昭〉の育った内海の集落の雰囲気や風習、「母の鼻孔」の昔の東京湾と〈朝子〉の母の逸話などは、関東の話ではなく、どこか日本の別の地域の物語と感じてしまうのだ。どうも関東平野のど真ん中、冬はからっ風の吹き渡る平地で成育した自分には、海のないのが〈関東平野〉と感じているところがあるらしい。

しかし、実際関東平野は海につながっているわけであり、その海辺の風土もまた〈関東平野のかなしみ〉ではないか。こう考えると、山間地と平野と海と、すべての地形を網羅して、〈関東平野〉の営みがあり、それはまた、関東や東京と、人と経済とでつながっている地方の営みまでもひろがり、それを飲み込んでいるんのだから、日本全国の風土の雛型になっているといってもいいと思う。「宵の春」に出てくる、広島県と思われる地方の風景も、〈高子〉が思い立ち上京する東京お茶の水の周辺としてある、いわば〈関東平野〉の一部として描かれているのだ。

ひさしぶりに同僚の教授のホームページを開くと、春の花々の写真がいっぱいで、一枚一枚にそえられた短歌の中に「かなしみ」の語をいくつか拾うことができた。

（東洋学園大学助教授）

『楽隊のうさぎ』――小沼純一

小学校時代にいじめにあった子が中学生になる。なるべくものを考えないようにして、自らを希薄にしていれば楽でいられる。そんな子がひょんなことからブラスバンドにはいり、大勢とひとつの曲をつくりあげてゆくなかで心身を成長させてゆく。それが『楽隊のうさぎ』の大枠のストーリーだ。十代のはじめ、ほんの一、二年のあいだの「成長小説」と捉えることもできる。

対象となっているのは中学生だ。中学生はまだ義務教育で、親の、教師の保護下にある。だが、あと少しすればそこからはずれてしまうぎりぎりのところでもある。管理され、外界から隔離されてはいるが、学校のなか、学校という「社会」はあるし、親とのぎくしゃくした関係もある。大人とは確かに違うけれども、しっかりと世界の一員であり世界と結びついている。こうした結びつきの一本一本の糸をしっかりと見つけ、見つめること、こんがらがっているかもしれない糸の状態を根気よくほぐしてゆくことでこそ、子供から大人へと移行してゆく「あいだ」の状態が浮かびあがってくるのだ、とこの小説は教えてくれる。

糸をほぐしてゆくひとつの視点が、ここでは、音楽から浮かびあがる。ややこしいことはない。中学生はアタマから音楽にはいってゆくのではなく、むしろなりゆきで音楽に触れてしまう。だが、そこで主人公・克久が感じるものは小さくない。しかも、感覚したものを抽象化する能力がまだ充分に育っていない分、比喩が多くなり、それが逆に読み手に開かれるものとなっている。もちろんイメージが豊かという小説などいくらでもある。描写が細かいのもそうだ。かつての中沢けい作品に較べると、『楽隊のうさぎ』の話法ははるかに平易なのだが、それでいながら、細部の、特に主人公がブラスバンドのなかで演奏に加わっているとき、音を発しているときのイメージが、ほかのところよりずっと明確に書き込まれている。これは偶然ではない。音や音楽がもたらす感覚こそが、ここでは重要であり、それが主人公をこれまでとは異なった方向に歩みを進めるきっかけとなっているからだ。

首を振るメトロノームを相手に、音の粒をそろえるという練習は、音楽というものをやっているというより、細かな手作業に没頭している感じがした。花の木中学の四方を囲むフェンスに絡んだ薔薇の蕾がふくらむ季節になると、克久にも藤尾さんの言う音の粒というものが見える気がしてきた。大きな粒か、小さな粒か。耳の中で音は確かに粒になって頭蓋骨の奥のほうへ消えていく。と言っても何か考えてそうなるのではなく、手の作業が確実にその粒を作り出しているのだった。（p. 51）

〈音の粒〉といった言葉が一回きりではなく、こうして、少し間をおいたところであらためて登場してくる。新聞に連載されていたという初出のありようも無関係ではないだろうけれども、こうした繰りかえしが主人公の抱いているものをより具体的に読み手に印象づける。

ある時、海面が盛り上がったかと思ったとたんに、頂上が大きく崩れて白い波頭ができる。この大津波がぐいぐいと陸地へ押し出す。克久が耳を澄ます。克久ではなくて、克久の胸に棲みついてしまったうさぎが耳をぴんと立てた。滑らかな海面、それも夜の海が音もなく盛り上がる。巨大な波が姿を現す場面が見えた瞬間、克久はこれまで一度も経験したことがない勇猛果敢な気持ちを覚えた。見えないものに挑みかかろうと

> する集中力が彼の気力を充実させた。それで、いや、それでもと言ったほうがいいのか、克久と祥子はぱくりと口を開けて、音の激しい渦巻きの中に飛び込んでいく。（p.73）

こうして引いてみると、音や音楽のありようといったものが、あたかもひとつのストーリーであるかのようだ。音楽が、ほかでもない、時間の流れのなかで生起すること、時間に重ならない音楽などないことが、ここではしっかりと意識されているからこそ、時間のなかで展開するストーリーを連想させずにはおかない。しかも、音楽が始まるとき、誰かが演奏しようとし、それを誰かが耳を傾けようとしたとき、その始まり前にもまたわずかな時間がはいってくる。それも不思議な緊張を持った時間が。そこにある、ふっと息を詰める状態、息を詰めるということがそもそもひとが生きている時間に身をおきながら、それをちょっと繋留する、阻むところがあるからこそ、来るべき時間が、ストーリーが期待される緊張した状態が生まれえる。

> 艶やかな絹の生地が波打ちながら、たっぷりとステージを包み、客席に広がる。客席のざわめきはしだいに収まる。指揮者が登場すると同時に、目に見えない絹地がすっと引っ張られ、皺のない生地になる。そして、指揮棒が振られる瞬間、生地はぴんと張り詰める。（p.19）

中沢けいが書きつけるこうした比喩、描写は、ただストーリーを織っているようだというだけではない。先に開かれているという言い方をしたが、その開かれ方は、誰にでもとっつきやすく、イメージとして抱きやすいということでもあり、それはまた、中沢けいが、書き手の年齢や認識を保ちながらも、いったん中学生のところまで膝を曲げ、腰を低くして、そこで呼吸し、感覚し、そのままの言葉を手にしながら、もう一度膝を伸ばして、作家の位置で言葉を整えるという作業がおこなわれているから、いや、少なくとも、そんなふうに見えるからだ。書き手というか語り手というか、地の文が、ただ登場人物たちのさまをニュートラルに語ってゆくばかりではなく、随所にその身を置いている位置、註釈が染みだしたり、加えられたりしてくるからだ。たとえば、〈彼らはと書いたけれども、どこの吹奏楽部もそうであるように云々〉（p.18）とか、〈はて面妖な。面妖なんて単語はすぐに頭に浮かばない二人でも、面妖な顔はできる〉（p.71）というように。

もうひとつ付け加えておきたいのは、音楽を構成している楽器の音、いわゆる楽音というものが、世界に無限にあり、次々に生まれては消えてゆく音と対照されつつ、ひとつの認識が記されている点だ。いまのように、いつでもどこでも、メディアをとおしてごくごくあたりまえに音楽に接することができる環境ではかえって気づきにくいことが、中学生が――とはいえ、主人公の認識としてよりは、地の文でさらりと記される――楽器を手にし、音楽をやっていくうえであらためて気づくというかたちをとっているのが、さりげない分、かえって新鮮に読める。

何もないところから、譜面に記された音を切り出す仕事は、まるで石工の仕事のようだ。切り出した音を組み合わせながら、ぴったりと合えば曲の全貌が現れるはずだ。そのはずなのに、ことしは一人一人が切り出した音が猛烈な個性を主張していた。（p.174）

音楽というのは、もうごくごくあたりまえのもの、日常のものになってしまって、あらためてそれがどんなものか、何なのかと問い掛けることなど滅多にあることではない。ただそこにあり、流れ、消費されるのがもっぱらだ。だが、それでいながら、小さい頃からピアノを学んだりしていなかった主人公は、中学生になって初めて打楽器の前に立ち、音楽を不思議に思う。これがもしとっくに成人してしまった大人だったら、こんなにも直截に不思議さを内心でも抱くことができるかどうか。

音楽というのはヘンなものだ。解らないという人には、ぜんぜん解らない。野球やサッカーに興味を感じられないという人間がいるように、音楽に興味はないという人間もいる。ところが異様な真剣さを生むところは、野球やサッカーと同じだ。間近にいると、触れたら切れるような真剣さというのは、肌で伝わってくる。(p.136)

これまで、音楽を小説のなかでどう描いているかということを中心に書いてきたが、もちろん『楽隊のうさぎ』にあるのはそれだけではない。あくまで上記はその一断面にすぎない。

公園で出会ったうさぎのイメージが主人公・克久のなかで独自に活動するさまは、自意識というものの複数性を、対外的に現われる表向きのものとそこからはずれてしまう内面との分離を示すし、そのうさぎの行動と敏感な反応が、克久の繊細さと連動している。はじめのほうにかなり登場していたこのうさぎは、後になればなるほど、克久がブラスバンドでの役割をしっかり果たし、演奏に自信が持てるようになればなるほど、現われなくなってしまう。なお、うさぎという言葉、イメージは、二〇〇四年末に出版された最新作『うさぎとトランペット』で再度とりあげられることになる。これは、いうまでもなく『楽隊のうさぎ』の続編といえるものだ。

両親や友人とのつながりも変化してゆく。まだまだ性が未分化、あるいは大して自覚されない時期のゆえか、恋愛などというのはほとんど取り沙汰されないが、両親を父親と母親という性のつながりで見ていることは確かだし、そのあいだに自らをどう位置づけるかに困惑している態でもある。同時に、博多の叔父と母親と、自らの立場からのみ見るのではなく、兄妹として見る視線が育ってもきている。それは同性・異性の友人達へと向けられる視線でもあるだろう。

あと、主人公は中学生の男の子というふうに設定されているし、克久を中心にストーリーは展開する。しかし同時に、周りにいるブラスバンドの連中や、そこから少しはずれたりした友人も含め、集合的に扱われているところも多分にある。その意味で、『楽隊のうさぎ』は中学校でブラスバンドをやっている子供たちの群像が描かれているのだ。たまたまそこでは元いじめられっこがそこから抜けだすプロセスがある。でも、そこにさまざまに寄ってきては離れてゆく、変化してゆく運動体こそが、音楽を演奏する体験をとおして、描かれている。

『楽隊のうさぎ』の魅力は、音楽へのプリミティヴな感覚、大人がともすれば忘れてしまいがちな感覚を、作家がしっかりと中学生の感覚と比喩とを大人の手で造形しているところにある。この作品を読むことで大人は子供の感覚を想像的に捉えかえし、子供は自らの抱いている感覚的なものを言語化しうる力を発見する可能性を持つ。そしてその意味で、昨今では珍しく、親子で積極的に交換して読みあい、対話ができる小説になっているのである。

（早稲田大学教授）

『月の桂』——友情の記録——

金壎我

『月の桂』（97・8～01・7「すばる」に連載。01・11 集英社より刊行。）は、筋を拾い出し要約することが少し困難な物語のように思われる。それは八つの短編を通してだけでなく、一つ一つの作品においても同じことが言えよう。本書における著者の関心は、ストーリーに系統を立てることではなく、幼少期から今日までの経験と記憶を一つのテーマに絞って収集し、書き留めることにあったのではないだろうか。そのテーマとは、「隠者の国」、「近くて遠い国」などと呼ばれる朝鮮半島、韓国。韓国という〝空間〟の中に、自らの記憶や体験という〝時間〟を重ね合わせ、記憶やエピソードに耳を傾け自在に行き来する、本作はそんな自由な物語なのである。

「隠者の国の歩様」と「地の塩」、「眼の華」などの作品には、著者を思わせる〈私〉のこれまでの朝鮮半島との付き合いが書き留められている。この国に興味を持つようになった理由を聞かれる度、〈私〉には幼少期の宝探しの場所であった母方の祖父の家の納屋の風景がよみがえる。様々な思い出となっている宝の中で〈大人が使う道具に引かれる気持ちで大切にしていた〉銀色鍍金《メッキ》がはがれた真鍮の簪、それは〈私〉の朝鮮半島の最初の片鱗となる。その〈優美な〉朝鮮半島の片鱗は、その後、大学の図書館で見つけた〈朝鮮活版の無骨な活字の写真版〉になったり、植民地朝鮮で民芸運動を展開し、一九一九年に朝鮮民族の独立運動が起きた時には〈日本自らが醸した擾乱に対しては、日本自らがその責を負わねばならず〉という「朝鮮の友に贈る書」を書いた柳宗悦への関心などへ繋がっていく。

学生時代、街では緊迫する韓国の政治情勢が話題となり、気軽に隣国へ出かけるようになった若者の間で韓国は、過度に〈エキゾチックでアジア的〉な混沌とした姿で伝えられることの多い時代だった。しかし、〈私〉にはそんな彼らの視覚には〈優美な半島の精神はまったく欠落しているように見え〉て仕方がなかった。祖父の納屋で見つけた簪のように、〈私〉にとっての朝鮮半島は〈埃だらけの薄暗い宝の山の中に思いもかけない姿を見せることがある〉ような、世間でさわがれる朝鮮半島とは別の姿があることを〈私〉は意識していた。

そうした文化や歴史に対する〈私〉の関心は、90年代に入り韓国の人々との交流へと結びついていく。「地の塩」、「碁を打つ老人」、「麦秋の客」には、日本と韓国を行き来しながら行われた日韓文学者会議でのエピソードや、知り合った韓国の詩人や作家の姿が実名のまま書かれている。彼らは祖国の分断状況や民主化の過程を通し〈現実をコトバで捕獲しようとする情熱〉を持って、〈日本の作家にはない社会との緊張関係を積み重ねて〉文学に取り組んでいたのだ。

「隠者の国の歩様」と表題作でもある「月の桂」には、今はソウルに赴任中で、かつて社会人のための教養講座で〈私〉の受講生だった呉島という男が登場する。彼には二十歳で海外へ出奔し、それ以来行方不明になったままの弟がいたが、弟の面影を彼は韓国の若いカメラマンに見出していた。面影を追い、カメラマンが働いている慶福宮を何度も訪ねていくうちに、彼とカメラマンはいつしか一緒に旅行にまで出かける仲となる。呉島はそのカメラマンに自分の弟とそっくりであることを告げると、彼は自分の親戚にも亡くした息子の面影そっくりの男がいるという理由で、毎年博多へ出かけて行く婆さんがいると応えるのだった。

出奔した弟と亡くした息子の面影をそれぞれ韓国と日本で見出すというこの挿話は、大変不思議でドラマチックでもある。しかし、物語の中の二人はそうした偶然に驚くことも感情を高ぶらせる（起伏させる）こともなく、淡々と静かに受けとめるのである。

「残りの陽」は、呉島とは反対に日本に留学中の韓国の若者シン・ヨンホが主人公となっている。韓国に興味を持っていて、普段から韓国の色々なことを聞いていた日本の女子学生が彼の部屋に遊びに行きたいと申し出るが、物語は二人の間に何の展開もないままに終わってしまう。その一方で、彼の住まいがあり、様々な人種がひしめき合っている大久保の様子や日本語の発音のために悪戦苦闘する姿などが細かく丁寧に書かれていて、彼のある日の日記やエッセイのようにも読める。

作品の主な話者である〈私〉が著者と同一人物と思われることから、本書は一種の《私小説》とも言えようが、どの作品も私小説を読むときに期待しがちな感情の爆発（起伏）や物語の劇的な展開などは見られない。ストーリーを追い、終結に向かって劇的な展開を期待する読者にとっては、その分馴染みにくい小説とも言えるだろう。「月の桂」には、この短編集の中で唯一主人公とその家族の様子が描かれている。夏休みに赴任中のソウルから日本に戻った父親を迎える家族や父親である主人公の様子はとても静かで淡々としている。

登場人物たちのこうした一定の距離感は、この作品全体に共通している。そしてこの感覚は人物に対してだけでなく、この短編集のテーマである韓国においても変らないように思われる。とっぷり漬かっているというより、一歩離れた場所で観察者として眺めるような視線が徹底しているのだ。妻子を〈貰いものから預かっているかのように感じられてきた〉という独特な感覚を持つ主人公と同様に、幼少期から今日に至るまで、〈私〉が朝鮮半島との長い付き合いの中で得た思い出や知識、見識や友人などは、〈私〉自身の大切な〝預かり物〟であるかのようにも見える。

その独特の姿勢ゆえに、作品中ではさしたる事件も起こらないが、本書はその叙情的な文章と五感を刺激する描写によって、読者に新しい読みの楽しみを与えてくれる。

朝鮮半島の古くからの歌を採集した金素雲が一九三三年に編んだ『朝鮮童謡選』に収録された〈月よ　月よ明るい月よ〉という歌は、〈私〉が学生時代に図書館で見つけ、呉島が夏休みの東京の本屋で見つけ、韓国からの留学生シンが日本で思い起こすなど、この短編集全体を通して流れている。他にも「アリラン」の歌や太鼓などの楽器の音、カチという鳥の鳴き声など、読者の耳に聞こえてきそうな聴覚的な描写に富んでいる。

韓国の大蒜それに肉を焼く匂いが外国人の鼻腔を刺激するのを想像することは難しくないが、〈私〉は〈光化門のあたりまで来ると柏や楠の匂い〉を感じ取り、〈ソウル市街の匂いは地区によってはっきりと変化〉すると言う。宗廟近辺の柏や家庭料理、呉島が苦手とする〈生ジャガイモをすりおろした〉ような匂いまで、読む者の臭覚が思わず鋭くなる香の表現も多い。

民族衣装に風を孕んで蝶々のように歩く老人や、宗廟祭の新緑の中で翻る舞人たちの鮮やかな衣装、ひらひらと車内を渡ってゆく千ウォン札の〈青〉まで、韓国に興味を持つ人なら誰もが共感できる色彩の豊かな描写も、この短編を読む楽しみの一つと言える。

著者の感覚を借りて発見され、細やかな筆運びによって集められた韓国の描写は、私のような韓国人には気付くことのできなかった新鮮な発見であったり、また懐かしい記憶であったりする。隣国の文化や歴史に触れ、人々と交流を行った著者は、韓国だけでなく、日常の中で見逃してしまいがちな日本においても数多くの発見をしたに違いない。本書はそうした発見に感謝する、日本の合わせ鏡の国、韓国に対する友情の記録とも言えるだろう。

（翻訳家）

『月の桂』——佐藤　泉

植民地時代の朝鮮の詩人・金素雲が一九三三年に編んだ『朝鮮童謡選』に次の歌がある。

〈月よ　月よ　明るい月よ　李太白の　遊んだ月よ　あの　あの　月の中ほどに　桂が植えてあるそうな　玉の手斧で　伐り出して　金の手斧で　仕上げをし　草葺三間　家建てて　父さん　母さん　呼び迎え　千万年も　暮らしたや　千万年も　暮らしたや〉

中沢けいは金素雲の文に、植民地の詩人としての嘆きや希望を読んでいる。文字であれば祖父から孫の三代で定着を見るかもしれない。だが安定した叙情が可能となるためにはさらに何代にもわたる長い歴史を積まなければならない。植民地の詩人は——そして加速度的な近代化のなかで時間の重みを見失ってきたあらゆる人々は、何を慶び、何を怒り、どのように哀しむのか、いつでもいくばくかの戸惑いを抱えこまなければならなかった。詩人のこころは、大河のようにゆったりとした時間の流れの中ではじめて立ち上がってくるはずだった叙情を、その対岸から眺めるように嘆き、あるいは童謡を子どもたちに送り返すことで希望を語った。

金素雲の思いを解きほぐし、童謡の透明な響きに耳を傾けているのは、作者ではなく短編小説「月の桂」の主人公である。つまり連作『月の桂』は植民地問題を考察したエッセイ集に限定されない。中沢けいは、ある時なぜそれほど韓国に興味を持ったのかと人に尋ねられ、しかしその事情を簡単に説明する言葉を結実させられなかった。この連作集がうまれたのはそのためである。作品の中には作者の声で語るエッセイもあり、エッセイの中には個人の小さな記憶も評論の文体もあり、そしてフィクションも収められている。エッセイの中で〈中沢けい〉と話していた人物が次のフィクションでは内面をもった主人公となって現れる。さまざまな形をとっているが、八つの作品はどれも共通して韓国に関わる文章である。

中沢けいは「日韓文学者会議」に、中心メンバーのひとりとして関わってきた。このあつまりは、一九九二年から日本と韓国の文学交流の場として二年おきくらいのペースで開催され、すでに一〇年以上になる。この間、日本ではバブル経済の崩壊が明らかになり、ネオリベラリズムの「改革」が進行し、韓国の方でもまた民主化の進展ばかりでなくアジア通貨危機を経験した。そうしたいわば政治や経済の変化を決して見落としていないことは、この作品集の注目すべき点である。政治経済のリズムと叙情のリズムとの間の齟齬をこそ主題としているといっていい。その点でこの作品集はすぐれた「散文芸術」であり、書き手は詩を書いているのでもなければ、社会科学的報告をするのでもない。しかしその両方の要素をもっている。

『月の桂』（集英社、01）には一九九七年から二〇〇一年までの時期、「すばる」に発表された八つの作品が収録されている（「隠者の国の歩様」97・8、「月の桂」98・1、「地の塩」98・3、「眼の華」98・12、「みどりあめ」99・10、「碁を打つ老人」00・8、「残りの陽」01・1、「麦秋の客」01・7）。

「隠者の国の歩様」は、〈私〉のエッセイの文体で書かれている。はじめの記憶は祖父の家の納戸で埃をかぶった〈宝物〉である。古い箸の入った菓子箱のなかに、朝鮮の箸があった。その繊細な重みがながく印象に残る。それが少し前まで一般的だった〈軍事独裁国家〉韓国のイメージとの間で齟齬を生む核となっている。中沢けいも〈政治闘争にあけくれるソウルからの匿名の通信〉を読んだ世代だが、こうした騒然たるイメージとはまったく異なる印象を真鍮の簪はたたえていた。それは〈優美な朝鮮半島の片鱗〉だった。

朴大統領狙撃の号外が御茶ノ水の駅前に散乱していた秋の日——ということは一九七九年一〇月、作者が「海を感じる時」を書いたその翌年だ。この時期には外国旅行（もしくは放浪）がはやり始め、大学の教室にも旅行社の配る格安チケットの広告が散らばっていたという。が、同年代の青年が国内ですることがないという理由で気安く隣国に出かけて行く風潮にも、また、新聞記事が伝える政治的な緊張感の延長上で〈民族の運命〉を意識する学生にも、作者はともに違和感を抱いた。どちらも時代の風潮に付き過ぎているように思えた。それよりも大学図書館の暗がりを好み、資料室で朝鮮活版の無骨な活字の写真版を眺めた。そこには新聞の号外が伝える朝鮮半島とは別の姿があった。

刻々の情勢変化と騒然たる政治闘争の時間、優美で誇り高い半島の精神。その二種類の時間が別々に流れているわけではない。韓国の〈老人の蝶々のような歩様を見送りながら、誰ひとりとしてこの世が改革されたり変革されたりするとは思わなかった時代というものが、そこに眠っているように想像してみたりも〉するが、そう書きながら〈そんな時代はなかったのは承知〉なのである。一方の古い簪や朝鮮活版の文字、老人の蝶のような歩様に象徴されるゆるやかな時間、他方の騒然たる政治の推移は、その間に齟齬を感じる中沢けいの内に紡ぎ出された二つの思想に対応するリズムである。政治にも経済にも関心のない芸術派が、青磁の壺をなでるといった姿勢ではない。『月の桂』には山一證券の破綻、ＩＭＦの韓国融資決定、タイ・バーツ切り下げ等が書き込まれている。この連作が始まったのは一九九七年、つまりアジア金融危機の年であり、ネオリベラルな〈改革〉潮流がついに社会を覆った時だった。近代化がそうであったのと同じく、この現代的な変動もまた人間そのものの変化を要請するものであり、そうである以上これは思想哲学の問題である。現代文学の応答もあってしかるべきだが、『月の桂』はまさしくそれである。むき出しの個人が市場競争に駆り立てられ、そして自らの責任において勝ちと負けのいずれかに分割される。〈「玉の手斧で　伐り出して　金の手斧で　仕上げをし　草葺三間　家建てて　父さん　母さん　呼び迎え　千万年も　暮らしたや〉という童謡の美しさは、これを彼岸の響きとして聞かなければならないときにより美しく響いてくるのだ。

主人公は都内のあちこちに〈つい数週間前までは、白いシャツにネクタイを締めていたと思われる浮浪者の姿〉を見ている。が、連れはそれを見ていない。〈行き場を失った男たちの姿は、善良なサラリーマンの目には映らなかった〉のである。〈善良〉さもまたひとつの適応の型であり、それ以上に防衛本能の一種であろう。主人公は〈ひとりも目に入らなかったと言われるといささか薄気味悪〉く感じる。適応を無気味と感じる感性は違う時間の流れる世界からの誘惑を感知してしまう感性でもある。それは危うい。主人公は童謡の時間や月を相手に独酌する李白の時間に誘われる。〈それで自分の責任を放棄してしまおうなどとは思わないかわり、そこにいるまま身体が透明になるような涼やかな感じと、いっそ酒色におぼれてみたいような放蕩の感触がなんの矛盾もなく同居した〉。〈改革〉の速度から降りるでもなく降りないでもなく、朝鮮の古い童謡の調べに耳を澄ますこと。それが現代的な速度感に対する微妙な応答となっている。

韓国の政治的動乱の終わりは、市場主義という次の動乱の始まりだったらしい。この地の文学者はようやく文学本来の時間が流れ始めるかにみえたちょうどその時になって文学は死んだと言われるアイロニーを嘆いたという。どうやら文学の時間とは実体でなく、他の時間との齟齬の感覚から生まれるらしい。〈韓国〉もまた齟齬の場、不・適応の場であり、そのため逆説的に現代化を批評することが可能な場である。中沢けいが見出そうとしたのはそうした韓国だったのではないだろうか。

（青山学院大学助教授）

『往きがけの空』――少女の身体感覚からの出発《たびだち》――羽矢みずき

『往きがけの空』は、作者が一九七八年に『海を感じる時』で群像新人賞を受賞し、十八歳で鮮烈な作家デビューを果した後、一九七九年から一九八五年にかけて文芸雑誌から婦人雑誌まで多岐に渡って掲載されたエッセイを一冊にまとめたものである。本書はⅠ部・Ⅱ部から成る構成で、Ⅰ部では作者が育った房総半島の特有な気候風土に微妙な感情の揺れを重ねる形で、作者の幼少時代から思春期を経て、作家活動を始める高校時代までの家族関係を鋭い感性で捉えている。『海を感じる時』刊行時に吉行淳之介が〈少女の描く十八歳の子宮感覚は、清潔で新鮮であり、そういう表現が作品に登場したということは文学上の事件〉であったと評しているように、十代の少女が自らの性を冷静な身体感覚で捉えて語るという試みにおいて、作者がその先駆的存在であったことはいうまでもない。さらにⅡ部では、『海を感じる時』以降の大学生活から、結婚後に二児の母となった現在（一九八五年）までの状況を題材としている。母親となった作者は、育児を通して見えてくる夫婦のあり方、自分と子供の関係、また自分と母親との関係などを当時の社会状況に照らし合わせる形で語っている。フェミニズム批評の方法論が盛んに紹介されるようになったのは八〇年代以降であり、フェミニズム理論によって文学作品を読み解くという試みが多くなされたのもこの頃である。こういった世情を背景として、本書の終盤に収められている「女性が働かされる時代」（84）、「近い将来のはなし」（84）、「女子学生にたいする期待について」（85）などに明らかなフェミニズム的視点は、結婚・出産を経た作者が女性の生き方の捉え返しをいち早く試みていた証左に他ならない。

日常のささやかな断面を捉えた作品が多いⅠ部の「雛の祭り」(79)では、家族が〈ホッと一息ついた時期〉に飾ってきた雛祭りの記憶を五年前、十年前と辿りながら、自分の高校受験や父の仕事による転居、父の死といったその時々の家族に起きた事件をも思い返していく。〈幾つもの山〉を乗り越えてきた家族の危うい関係性を実感し、〈きらびやかな金屏風〉や〈緋毛氈にならんだ人形〉に安堵する一瞬が幻のようであったことを述懐する。食卓を囲み家族で祝う雛祭りの行事は、それぞれが抱く密やかな悩みや将来への不安を隠して、平穏な家族であることを確認する儀式のようであった。家族関係が持つ危うさは、作者が高校生の性を扱った作品で新人賞を受賞したことで、小説世界と現実世界をそのまま結びつけたがる世間の声に照射され、〈家族が仲よく平安に生活すること〉を理想としている母親に〈いやな思い〉をさせる。平穏な家庭生活を波立たせる娘を理解できない母親との確執は、〈冷めたい刃先〉となって作者を苦しめ、さらに高校生で作家となってしまった自分が、家族や母親から切り離されてしまうのではないかという恐怖を抱くのである。華やかなデビューを飾った少女作家を抱える家庭の内幕をかいま見る思いがする一編である。

また「風の音を聞く」(84)や「雨のにおい、落葉のにおい」(84)での、研ぎ澄まされた身体感覚を駆使して描いた微妙に揺れ動く心理の様は、『海を感じる時』にすでに高く評価されていた独特の感性の表現をさらに深めたものといえるだろう。「雨のにおい、落葉のにおい」では、作者が十八歳で群像新人賞を受賞した時のとまどいが、五年後の現在からの回想という形で書かれている。書きたいことの半分も書けなかったと実感する『海を感じる時』に対する自分と世間の評価とのずれに、作者は〈ただただあ然〉としてとまどってしまう。〈新人賞受賞というのは重い荷物〉であったという作者の当時への思いは、受賞直後の興奮が冷めた六月へと遡っていく。親元を離れて働きながら大学へ通っていた作者は、大学も社会も〈一年生〉の頼りなさの中にあり、さらに新人賞という世間からの注目は、〈自分の暮らしをとりとめなく感じる感覚〉を作者に抱かせるのに十分であった。この心もとない感覚と梅雨時の臭気がこもる古いアパートの部屋から逃れるように、陰鬱な思いで雨の中を彷徨い歩く作者の脳裏には、『海を感じる時』を書いていた半年前の秋の日が懐かしく甦る。小説執筆時の充実感を想起させる〈秋の透明な日射しの具合〉や〈踏みしめた落葉の乾いた音とにおい〉の再来と、秋に十九歳になることが、〈十八歳の新人〉という重荷や〈とりとめなく感じる感覚〉からの脱出になるのだと考えるほど、息苦しく切ない状況に追い込まれていたことが伝わってくる。陰鬱な記憶へ繋がる〈雨のにおい〉と、充実感にあふれた時間を想起させる〈落葉のにおい〉という繊細な感覚で捉えた季節感が対比されることで、若くして世間からもてはやされる新人賞作家となった後遺症に悩み苦しむ若い作家の姿が浮かび上がってくるのだ。

Ⅱ部の作品群が発表された八〇年代は、既述したように自立を果たしつつある女性がいかに仕事と母親という役割を両立させるかという課題に、社会の注目が集まっていた時期であった。出産・育児に関する雑誌、エッセイ集などが多く出版され始めたのもこの頃からである。育児についてのエッセイは、母親としての役割を何とか軽減したい作者の〈怠け者〉ぶりがユーモラスに語られる「育母日記」(82)から始まる。「育児書」(84)では、本来実用書である育児書についてユニークな見解を展開している。戦後民主主義における思想がどのように〈育児理論〉に反映しているのかを概観し、育児書を生活の中の〈末尾の思想史〉と位置付け、〈先端の思想が持つ矛盾〉を露わにする書として、時代や社会と育児書との密接な関わりを指摘しているのである。

「女性が働かされる時代」(84)では、施行前の〈男女雇用機会均等法〉(一九八六年四月施行)の法制化をめぐって、職場での男女平等の主張は必要だとした上で、高齢化社会に伴う老人の仕事のあり方にも注目している。若者との年齢差を考慮した年長者を保護する職場環境の必要性を、先見性に満ちた考えで述べているのだ。しかし、すべての人間の就労という状況は、人が国民としてまた就労者として社会から二重に管理されるという側面を生み出し、〈女性が働くということの意味〉を〈個人の生き方という問題〉を越えて、社会との関係の中で考えるべきだと主張している。続編ともいえる「近い将来のはなし」(84)では、職場での〈一過性的な性質〉をもつ〈流動的〉な人間関係が、家庭での人間関係にも移行しつつある状況を危惧している。職場で男女が同等の条件下で働くように、家庭でも家事を男女が同等に分担し合理化することで家庭環境は職場環境の反復になり、二つの空間の差はなくなってしまう。その結果、家庭生活における個性の表出が困難になるという弊害と、組織に組み込まれない老人と子供の、社会における位置付けはどうなるのかという新たな問題を提起しているのだ。

作者がこれらの作品を書いてから二十年余の歳月が流れたが、高齢者が安心して働ける社会の実現はいまだに至っていない。それどころか九〇年代後半以降の不況の為に、就業年齢層のリストラや、若者が社会参加の意欲を喪失するニートという現象が深刻な社会問題となっている。また男女平等の社会進出による家族関係の変化は、晩婚化・少子化という形で浮上してきている。このような状況をみると、今もなお社会の課題である家族のあり方や高齢化社会における問題への問いかけが、すでに二十年以上も前に作者から発信されていたことに驚かされるのである。改めて家族という概念そのものを捉え返す必要に迫られている今、示唆に富む作者の考えは意義深い。以上のような本書の構成に、かつて女性の性に繊細な感性で表象を与えた少女作家が獲得した、成熟と社会化の軌跡を読み取ることができるのではないだろうか。

(立教大学大学院生)

『遊覧街道』――アイデンティティの証としての旅――

遠藤伸治

『遊覧街道』というエッセイ集は、「道草」、「道の空」、そして「遊覧街道」という三つの章から成っている。このうち、「遊覧街道」は「旅の手帳」（88・4〜89・3）に連載されたものであり、紀行文と呼べる。しかし、他の二つは、建設省のパンフレットをはじめ雑多なメディアに発表されたもので、例えば群像新人賞受賞式後のパーティーで酔っぱらってホステスと間違えられたエピソード（「はじめての酒」）のように、旅に関わらないものも多い。つまり、旅のエッセイとそうでないものが一緒になっているが、それでいてあまり違和感がない。

「遊覧街道」と「道の空」に収められているいくつかの旅のエッセイでは、駅、宿泊地、道順、風景、見所などがきちんと書き込まれている。人々の様子も、かねて聞き知った行事がとりおこなわれる様子も、風景と同様に距離を置いて淡々と眺められ、描かれる。人々の中に飛び込んだり、行事に参加したりはせず、列車や車から降りることもなく、走りすぎる車窓から通りすがりに眺められたものも多く、その車の中で、そしてその日の宿で、あるいはさらにそれらの風景や人々を過去のものとして振り返って、浮かんだ印象が綴られることが多い。

この距離感のために、読んでいて、冷静で客観的な感じを受ける。風景が描かれると言うよりも、地理や地形が説明されていると言った方が良い場合もある。しかし、文章のつながりは、決して論理によるものではなく、全体がその時々の書き手の印象の連なりである。時には、とりとめのない書き手一人の連想に感じられる場合もある。

それでいながら、書き手の内面が直接的に語られることもない。自分自身もまた、風景と等価なものとして距離を置いて眺められ、描かれる。描かれるのは、いつのまにか風景に溶け込み、風景の中の人物（眺める人、見物人としてではあるが）と化してしまう自分であり、その自分を眺めての感想である。

例えば、〈米原に出る国道八号の走る平らな土地に出てみると、視界が開けたと言うより、自分の顔のほうが平たく大きくなった印象があった。ぬっと顔を出す。その顔が我が顔ながら、まるで地平にかかった月のように我が目に映った〉（「湖北の村」）とある。風景を眺める自分を意識するだけでなく、さらにその自分を風景の一部として眺める自分を意識し、描いている。二重の自意識による自己のメタ客観化。そのような描き方によって、書き手の中の心象、思いが、冷静で客観的な印象とともに読者に届けられる。

書き手の自意識・自己客観化の目は鋭い。書き手は、単に自分の目で風景を眺めているだけではなく、常に風景を眺めている自分自身を、この自己客観化の目で眺めている。自分の印象が個人的な事情によるものであって、一般的なものではないことは常に意識されている。聞き知っていたこと、本で読んだことと実際に見たこととの感覚的な違いも鋭敏に示される。

しかし、そこからさらに踏み込んだ調査をしたり、当事者の意見を引用したり、正確な数字をあげたりして、一般的事実として書くことは為されない。自分の見る対象そのものについて書くことが目的ではなく、その対象を眺めている自分と自分の思いとを、自分のこととして書くことの方が目的とされている。自分の得ていた情報、自分の中の思いを、実際に自分の眺めた景色の側から眺め返し、いくつかのことは思い込みにすぎなかったことが確認され、その思い込みの理由を自分の中で探し、自分自身で納得する。そして、納得したことが、自分の眺める景色によって確認され、再び、眺めている自分と眺められている対象とが調和する。

書き手の自己客観化の目は、他者の目のようでいて、書き手のアイデンティティを根底からは揺るがさない。それは、自分ひとりの目で見るのではなく、自分を見ている他人の目を通して自分を見ることに似ている。しかし、あくまで自意識の範囲内であり、自分の内に取り込まれ、自分の一部として内面化されてきた範囲の他人の目である。思い込みに過ぎなかったこと、勝手な想像であったことも、それに気づくまでの自分自身の思いであったという意味で、肯定され、書き込まれる。記憶のあいまいな、思い込みの多い、そのつど事実を確認しない自分自身も否定されはしない。自己肯定的であり、自己完結している。書き手は、自分の思いを、他者も共感すべきこととして、あるいは、社会一般にあてはまることとして書くのではなく、自分個人のものとして、あるいは、自分の姿と生活とを静かに見渡そうとする書き手と同質の読者が共感することとして書く。

例えば、同宿になった女性客たちとの会話も、直接引用されない。〈よもやま話〉という一言の意味付けで終る（「ガイドブック」）。同行者の言葉も、書き手を通してから語られる。例外的に生き生きとした直接性を感じさせるのは、書き手のまだ幼い息子と娘ぐらいである。〈私〉という言葉はめったに使われないが、それは、〈私〉と対立する社会や、〈私〉と異質な他者や異物が存在しないからである。すべては自分の中の印象、心象、思いであり、他者の声が直接響いてくることはない。つまり、旅とは言っても、新しい自分探しの旅でもなければ、男性作家にしばしば見られる自分から逃げようとする旅でもない。途切れることのない自己確認の旅である。

単行本の末尾に、「アルバムを閉じる――『あとがき』にかえて」と題された文章があり、書き手は〈旅は非日常だというのは、私はうそだと思う〉、〈日頃を引きずったまま旅行をしている〉と述べている。確かにこれは、アルバムを見ている状態に似ている。ただし、自分の映っている写真だけのアルバムを見ながら、景色の中のその時々の自分を確認しながらの回想だ。ドイツに行こうが、フィレンツェに行こうが、金毘羅に行こうが、そのことによって書き手は変わらない。時が過ぎ、書き手をとりまく風景と人物が変わるだけだ。そして、フィレンツェ自体、金毘羅自体よりも、自分がそこに行き、自分がそこで思ったことが大切なのだ。

考えてみれば、最初に述べた、旅のエッセイとそうでないものとが一緒になっていても違和感がないという読後感は当然のことだ。旅に出ても、自分は常に変わらずここにあるという日常的感覚の根底を揺さぶるようなものは、登場しない。旅先で出会う、想像を超えた素晴らしいもの、我を忘れる感動的な瞬間、予測もつかない突発的な事件、そうしたものは描かれない。旅先で偶然見かけた何か、出会った誰かに対する印象は語られるが、のめり込んでしまうような強い思い入れや自分を圧倒するような傾倒は示されない。エッセイの最後に置かれている〈退屈も覚えずまたさして興味も動かさずに歩いていると、なんとも言いがたいほんのりとした安らぎが、初めは淡く、身体が暖まるにしたがいやや濃く、しかし、濃くなりそうでいて、さして濃くもならず、ちょうど菓子でも包む薄紙のように広がった〉（「春への旅」）という言葉は象徴的だ。

一方、旅に出なくても、人々に囲まれて当事者として過ごす日常生活の中で、書き手は、自分に拘泥することなく、自分自身から離れ、自分を他人と同じように、周囲の風景の一部として客観的に眺める。ホステスに間違われたからといって腹を立てたりしない。自分にこだわって、他者と激しく対立してまで自己主張をするのではなく、自分がその時々の風景に溶け込むことを淡々と楽しみ、それを描く。このような形での自己表現には、他者や社会と対立する緊張感の中で疲れきるなどということはないのだろう。だからこそ、多くの男たちのように旅に出ることによって緊張状態をオフにし、自分から逃げる必要も、また、ジェンダーとアイデンティティとの間の食い違いに悩む女性たちのように旅によって新しい自己を発見する必要もなく、書き手は、旅に出ても、旅に出なくても、変わることがないと思われる。

（広島県立大学教授）

『男の背中』――男という不可解な存在――

吉岡栄一

中沢けいといえば、十八歳のときに発表した「海を感じる時」（一九七八年）が、第二十一回群像新人文学賞を受賞し、若い学生作家として華々しく文壇にデビューしたときの、あの鮮烈さと衝撃をいまでも忘れることができない。しかも、受賞作「海を感じる時」は千葉県立安房高校在学中に書かれたものであり、さらに表題作を収めた単行本『海を感じる時』が大ベストセラーになったこともあり、ういういしい女性的感性をもった新しい才能の出現として、文学界のみならず世間にも強い印象を残すことになった。

「海を感じる時」は房総半島の館山を舞台にして、女子高校生のセックス体験から派生する若い男女の感情のもつれと、母子家庭における母と娘との性のモラルをめぐる対立などを、みずみずしい感性と透明感あふれる文体で描きあげた作品である。この処女作以降、中沢けいはみずからの主たる作品系列として、「海を感じる時」のテーマをさまざまに変奏しながら、男女間における性や愛の意味、従属ではない対等な男女関係や肉体関係、さらに視野を広げて男とはなにか、女とはなにか、そしてひとりの人間として生きるとはなにか、というような問題意識を小説に形象化することに努力を傾けてきた。

これらの問題意識は濃淡のちがいはあれ、『野ぶどうを摘む』、『女ともだち』、『水平線上にて』などの代表的な作品、あるいは『戦後短編小説再発見①　青春の光と影』（講談社文芸文庫）に収録されている短編、「入江を越えて」にも通底する文学的要素となっている。これらの作品群から浮上してくる、中沢けいにとっての男女関係の基本認識とは、本能的ともいえる男と女の肉体感覚のずれである。セックスを共有しながら、逃走しようとする若い男と追いつめる若い女。その〈出口のない騒ぎ〉のなかで、傷つき傷つけられる泥沼のような男女関係は、野間文芸新人賞を受賞した『水平線上にて』のなかで、女主人公の和泉の目を通して次のように述懐されている。

自分からは何も言わない植松の不明瞭な感情をあえて言葉にしてしまえば、欲求だけで女と交わるのは悪いことだし恥ずかしいことだと思っているにちがいない。欲求を安直に受け入れてくれそうな女は、意志が弱くて溺れやすい女か、金銭や結婚など別の目的を持っているかなどだと、思っているとしたら、まずここで和泉の自尊心は傷つけられている。

ここで指弾されているのは男のエゴイズムや聖女幻想、あるいは男の女性蔑視などだが、しかしここで中沢けいは、そのような男の身勝手さを一方的に批判しているようにはみえない。男のどうしようもない性意識、存在としての男の不可解さを、生物学的な観点からあるいはとしさをこめて眺められる、成熟した大人の目も持ち合わせているからである。

『男の背中』（日本文芸社、93）は、そのような成熟した大人の目で眺められた男にまつわるエッセイ集である。このエッセイ集は四部構成になっているが、ここには一九八八年から九三年までのエッセイが収録されている。第一部から第三部までは「文学界」や「新潮」、「すばる」や「野生時代」などの文芸誌、あるいは「読売新聞」や「インナーファッション」などの新聞や業界誌などに発表したものが集められている。そして第四部は「男と女のショート・ストーリーズ」という章立てで、「クロワッサン」などの雑誌に寄稿したフィクションの小品がいくつか収録されている。

これらのエッセイや小品は何らかのかたちで、すべて男にかかわることが話題になっている。日常生活でふと目にした男にまつわる体験や考察などが、『海を感じる時』以降の女性作家の目を通して語られているからである。それはエッセイに付されたタイトル、たとえば「男泣きについて」、「男の美貌」、「男よ！」、「妻の顔、夫の顔」、「男ごころと鋏」、「男の典雅」、「男が嘘をつくとき」、「女の欲、男の欲」、「愛を裏切った男への脅迫状」などからもたやすく知ることができる。ただ注意すべきなのは、男が話題となっていることからすぐさまフェミニズムを連想しがちだが、中沢けいはけっして教条的なフェミニストなどではなく、むしろフェミニズムというものを男女間の敵対としてではなく、共存や合一というもっと現実的な方面から解釈しているように思われるのである。たとえば、冒頭に置かれた「男の後姿、男の横顔、男の影」というエッセイのなかで、フェミニズムにたいしては、〈どうも、私の世代がくぐって来たウーマンリブやフェミニズムという思潮は、異性に対する敵対心を育てやすく、切れば血が出る生身だという同情心を萎えさせた〉と正直に告白している。

さらに「男よ！」というエッセイのなかにおいては、〈女の目で眺めた男の姿をほめる言葉がこれほどに減少した時代はかつてなかったのではないか〉と意表をつく指摘をしつつ、次のように述べている。

　ところで、この僕という呼称が壮年の男性の口からある響きを持って発音されると、いささかハイカラなバタ臭いにおいをたてることがある。新しいもの、目覚ましいもの、流行のものなどを追うことに躊躇も無理もなかった青年期の精神が過ぎ去った時の波間から、瞬時現在の身の上に芳香を放つようなものか。（中略）そんな時には損をしている気になるのは、世の男性が時も場もあまり選ばぬ少年のように僕という呼称を無造作に扱うことが多いためと思う。

ところで、『男の背中』というこのエッセイ集を通読してみて、私としていちばん面白かったのは、日本の近代小説に描かれた男の登場人物に言及している第三部である。これは女性作家の視点から〈近代文学に登場する男たちに添うかたちで、小説を読み直してみたい〉という試みのひとつだが、その理由について中沢けいは「全集や文庫の解説、さらには評論に目を通しても、作中の女は注視されるのだが、男は注視されることはほとんどなく、ひどくバランスが悪いものが多かった」と述べている。

第三部には『源氏物語』にまつわるエッセイも収められているが、ほとんどが近代小説に登場する男たちが対象となっている。具体的に作品をあげるなら、近松秋江の『黒髪』（「黒髪の男」）、川端康成の『雪国』（「島村という男」）、夏目漱石の『こゝろ』（「漱石の房州」）、太宰治の『人間失格』（「道化の意識」）、さらには『富嶽百景』と『桜桃』（「典雅を求め続けた人生」）などだが、それぞれに女性作家ならではの慧眼が光っている。たとえば、「漱石と房州」のなかでは、『こゝろ』で先生と友人のKが房州を旅行する場面をとらえて、次のような思いもかけぬ指摘を行っている。〈小説の描写には風景がほとんど登場しないにもかかわらず、房総半島の景色にこれほどよく似合う光景もないのではあるまいかとそんな気がしたものだ。（中略）数々の夏の記憶の中から、『こゝろ』の孤独な二人に房州を歩ませた心の理由はあるのであろう。あの土地の夏は光が荒くて無性に淋しい〉。

ほかにも男の登場人物について示唆的な指摘があるが、女性作家の視点から男という謎めいた存在について、〈男たちに添うかたち〉で解読しようとする試みは、大庭みな子を中心として中沢けいも女性作家のひとりとして参加した、日本の古典的作品を女性の視点から解読した『テーマで読み解く〈日本の文学　上・下〉―現代女性作家の試み』（小学館、04・5）に結実したことを付記しておきたい。

（東京情報大学教授）

『親、まあ』——親が大人になるとき——

後藤康二

『親、まあ』（一九九三年刊）は、一九八五年から九三年にかけて発表された作家の子育てエッセイ集である。題名の示すとおり、子育てのなかで出会った様々な出来事に、しばし驚きの目をみはり、ときには当惑しながら「おや、まあ」を連発する母親の綴った子育ての記録とも言えよう。読む者は男女年令の別を問わず、自らの経験に照らして、あるいは想像力を働かせて、それぞれの場面に内心「おや、まあ」をつぶやき、「なるほど」と得心の笑みを浮かべることだろう。

ところで、中沢けいの子育てのテーマは、この集の刊行される以前に、『風のことば　海の記憶』（一九八三年）や『往きがけの空』（一九八六年）にも散見することができる。例えば、「チョンタルの血の詩」では、やがて生まれてくる子どもに様々な思いをめぐらし、「水を好く子供」では〈十ヶ月になった私の子供〉の示した水への強い関心を印象深く語っている。それらは、繰り返し十代を振り返ることで執拗に自らのアイデンティティを探ろうとしたそれまでの文章とは、テーマからいっても表現の質においてもだいぶ趣が違っている。〈自分の五ヶ月になる子供を抱いて公園に行った〉（「公園嫌い」）とか、〈一歳の女の子と二歳の男の子を連れて…〉（「みみずの六月、蟻の七月」）とかいう表現からもうかがえるように、それらは、作家の生の時間ではなく、日々刻まれていく子どもの生の時間によって規定された世界である。その延長線上にある『親、まあ』は、まさしくそうした子育てエッセイの集大成ということになるだろう。実際、全体の構成も、「赤ちゃんの匂い」という印象的な話にはじまり、保育園の年中年長から小学校低中学年にかけて折に触れて書かれたエピソードが、子の成長の時間に即して配列されている。

だが、執筆の時期は必ずしも章立ての順序に対応していない。例えば、はじめの五編「赤ちゃんの匂い」「赤ちゃんはいい匂い」「身体の無邪気」「すぐに大きくなるわよ」「赤ちゃんのかわいい時」は、出産時の思い出や出産から数ヶ月たったころの赤ちゃんが対象だが、執筆されたのは、巻末にある発表誌・紙一覧からもわかるように、一九九〇年前後で、そのあとに来る幼少年期の子どものエッセイとでは執筆時期が逆になっている。一九八二年と八三年に生まれた二人の子供は、このとき既に小学生になっている。従って、赤ちゃんについての感慨は、七、八年前の自らの経験を振り返りながら綴られていることになる。例えば、一見なにげない口調で語られる、〈小学校の中学年にさしかかろうかという、少年少女の年齢になっても、安らかに寝息を発する子の身体からは赤ん坊の匂いが立つものだ。〉(「赤ちゃんの匂い」)というような表現や、〈とうとう赤ちゃんがかわいい年齢になってしまいました〉(「赤ちゃんのかわいい時」)という言葉への共感には、成長する子に伴走しながら驚きを伝える親の視点からはうかがうことのできない、すでに子育ての経験を経てきた認識の厚みや深みのようなものが伝わってくる。

こうした表現を支えているのは、子の急激な成長や変化に出会って驚く意識とともに、そうした個々の経験に即しながらも、時間の距離を隔てて同一の経験を繰り返し描こうとするもう一つの意識ないしは関心のありようであろう。同じテーマを繰り返し描くのはこの作家の習性のようだ。『海を感じるとき』で扱った素材をその後繰り返し描いていることや、『親、まあ』の中でも『クオレ』について何度か繰り返し言及している。同じ対象を時間を隔てて描こうとするときは、はじめの認識の不完全さを補い、その限界を超えようとする思いが働く。やや逆説的な言い方をすれば、時間の距離を隔てることによって対象の輪郭はむしろより鮮明になっていく。すると、対象にかかわっていたその時には見えなかった自分が、今では輪郭化された対象から逆に照射され、問い返されるようになる。このような意識の視野から、〈自分自身を親として感覚する時には、子として感覚しているよりも、幾らか、自我と言えばいいのだろうか自己と呼ぶべきか、そんなものから離れて、自分でありながら自分とは一種異なったものであるように覚える。〉（「親か母か」）とか、〈自分が親になったことばかりをやたらに意識して、自分に親がいることを置き忘れるような心理は、どちらかと言えば子としての心持ちに近いのではないかと思う。〉（「優しさのかげり」）というような認識が生まれてくるのであろう。

ここには反復する意識のなかに見えてきた対象と自分との動的な関係が見定められている。それは、あまり歯切れのよい表現のかたちをとらない。むしろ、言葉の線条的な制約から解き放たれた、かたち以前の本来を指向している。対象に近づくことによってより表現が困難を抱え込むような関係である。例えば、〈母と女をあたかも対立矛盾する事柄のように考えこませる〉いわば現代という〈矛盾に耐えにくい世の中〉（「好きになること」）にあって、矛盾を矛盾のままに受容し、二分法的な対立関係を解消していくことで認識の深みを探ろうとする試みとでもいうべきか。まさしく〈矛盾に耐え〉ようとする志向性である。

このように意識が時間を溯って繰り返し対象に接近することによって、時間のかたちはいつのまにか直線のイメージから堆積する地層状のそれへと移行し、あたかも空間化した時間を遠近法で透視するような意識の世界へと様変わりしている。そこから見えてくるものこそ、子供の頃や学生時代の自分と自分の親を描いた「鶏頭と毛糸」「汁ものの日」などのエッセイや四編の書評の視野であろう。そこには、親に対する子としての自分と、子に対する親としての自分を包み込み、さらに自分以前の親の世界に思いをめぐらしていく意識の展開がある。この視野の拡がりは、〈「子を育てること」を深く考えれば結局「私とは何か」という問いに行きつかなければならない〉(「つじつまの裏切り」)との認識にたどり着く。そして、

子を育てることを考えるためには、自分の親のことを考えなければならないというのは、自分というものを作った事柄を具体的に知る手立ての、ただひとつと言っていいかもしれない。そして、そこにはかすかだが自分を越えた「私」の感触もある。親のことに目をそそぎ、自分と親とを見くらべる時、一般論が前提の話では決して表に出ることがない、子を育てることの裏にひそむ情念が顕かになる。必ず、親となった者は通る道で、たいていは言葉にもならずに、ひっそりと個人のもの思いのうちに消える。「私」ではない、自分をみつめることそのものにほかならないのだが、一歩まちがえると、自分と「私」は同一視され、親と子が狭いわくの中にとじこもる原因となる可能性もある。

という。そうした〈「私」〉と自分との分節化による親と子ならぬ大人と子どもの関係を経ることで新たな遠近法が成立する。すなわち〈親が親になる前、つまり、父や母がまだ子どもというものを持たなかった頃、自分というものが生まれる前のふた親に興味を覚える〉(「あとがきにかえて」)ことで開かれる意識の視野である。それは、〈子を仲介にして怨意にな〉った親に対して、〈好き嫌いという二者択一の感情とは無縁な気分〉とか〈暢気〉という言葉で表現しているところに他者を許容する意識の幅や遊びを想定することができるようだ。それは、母子一体から子離れの途上で、子どもを介した新たな他者認識が与えられたことにほかならない。そうして親は大人になっていく。『親、まあ』は中沢けいのなかで、そのような意識の視野が確認された場所だったのではないか。

〈会津大学助教授〉

『時の装飾法』――中沢けいの時間――

関野美穂

中沢けいにとって時間とは形を持ち、そして変化するものであるらしい。そもそも時間とは何なのだろうか。時間は身近にある。けれども、いざそれが何なのか考えてみると、途端にその存在はあやふやなものになってしまう。

確かに私たちは、日常の生活で絶えず時間を気にして生きている。例えば、待合わせの時間であるとか、税金納付の期日、あるいは一年の締めくくりである大晦日など、そのような、いわゆる縦の時間は常に意識されている。それは確かに時間というものなのだが、それでは一体それがどういうものか説明しようとしてみても、簡単に説明できるものではない。無理に説明しようとすれば、地球の自転を基準としてその一回転を均等に割ったもの、という言い方しか出来ないだろう。さらに言うならば、一日は地球が一回転する時間、一年は地球が太陽の周りを一周する時間、という非常に味気ない説明しかできない。そしてそれは延々と続いていく一本の線としてしか意識されない。そこに私たちの関わりを見出そうとすれば、途方もない時間の堆積の中で、自分が埋もれていくのを感じるだけである。

一方で、自分との関わりの中で把握される時間があることも事実である。老人が孫の年齢を間違えるというのがいい例だろう。孫の誕生日を明確に覚えているわけではなく、そのときの自分の状況などと重ねて記憶され、そのときからまだ四、五年位しか経っていないから、まだ四、五歳だろうと思っていると、実際には小学生だったということはよくあることである。それは肉体の感覚によって刻まれた時間だといえる。

中沢けいは「数学者の時間」の章で、これらの時間を〈客観的時間〉と〈主観的時間〉という分け方をしている。〈客観的時間〉とは数字で表される時間、〈主観的時間〉とはその人が肉体感覚で把握した時間である。

この二つの時間のせめぎあいで、人はときとして時間の錯誤や喪失、あるいは膠着といった事態に陥る。

「生老病死」という言葉がある。仏教で言うところの「四苦」だが、特にこの中で、私たちが時間と深く関わっていることを感じるのが「生・老・死」だろう。「死」に直面したとき我々は初めて自分の残された時間を思う。それまで均質に流れていたはずの時間は、急にいままでとは違う様相をもって立ち現われてくる。そして自分が主体的に関わるべき時間ということを考える。残された数量化できる時間の質と、自分が体でとらえられる時間の質は明らかに違うことを感じ、人は困惑し絶望する。言うなれば、人間が自分の生死や、それに付随する老いといったものを考えると、数字では計り切れない時間というものが噴出してくるのである。

「死」に直面するという経験は非日常的なものかも知れないが、日常的に私たちが感じる不安も、この肉体的時間の感覚から生まれていることが多い。限りあるはずの自分の時間を、思い通りに生きられていないという思いは、現代人の病理のひとつだといっても過言ではない。人は生きるために時間を消費するが、その生きられる時間は限られているというジレンマに常に付きまとわれている。その背後には数字的時間に押し流され、自分自身の肉体で時間を把握できていないという焦燥が潜んでいる。

しかし、常にこれらのことを考えて生きている人は少ないだろう。通常は〈客観的時間〉と〈主観的時間〉は均衡を保ち、時間は均質に流れる。しかしそのバランスが崩れたときに「占い師の時間」でも取り上げられているように、人は〈空白の未来〉を抱え、〈客観的時間〉と〈主観的時間〉のギャップに苦しむことになる。

中沢けいが〈時の装飾法〉ということを考えた根幹も、そのようなところにあるのだろう。〈時間というものが苦手だ〉という筆者は、幼い頃から時間が〈膠着〉するという体験を持つ。〈母の瘤癪玉の破裂によって放たれた光線で、ぐにゃぐにゃに解けてくっついてしまった私の時間〉を取り戻すために、筆者は本を読む。そのことで〈時間の感覚がなだらかにとりもどされ〉るが、それはまさしく〈客観的時間〉を〈主観的時間〉によってとらえなおす行為であり、〈無機的〉な時間を〈有機的〉なものに置き換えるということだろう。彼女にとって時間とは数的なものではなく、感覚的なものなのである。そして〈おふくろが瘤癪持ちであったおかげで、小説を書くという仕事に手を染めた〉という思いに裏づけられるのは、この作家にとって〈主観的時間〉が、単に時間の問題であるだけでなく、小説のモチーフとして重要な意味を持っているということであろう。それは母親の看護と幼子の世話に日々を費やされた経験から始まる時間論への興味が、〈言葉〉の問題へつながっていくことからも判る。彼女がその経験から導き出した命題を要約すると次のようになるだろう。

一つは、文字通り、他者によって忙殺され、失った自分の時間を、いかにして取り戻すのかということ。もう一つは、死に向き合った人の時間が、どうすればその人の時間となり、その人らしく死んでいけるかということ。どちらも数値化できる時間では計ることの出来ないものであり、そこには〈客観的時間〉と〈主観的時間〉の相克から生まれてくる人間としての苦しみがある。自分の時間が把握出来なくなれば人は死んだようなもので、そこでは人間としての豊かさは奪われている。また、死ぬ間際の人間が、機械的に支配された病院で、数字の時が過ぎ去るのと同質の死を迎えていることは、人間の尊厳を無視しているのと同じことである。

そこで必要となってくるのは自他を問わず、人間としての時間を取り戻すことであり、それが中沢けいの文学の中枢に重要な影響を与えている。話題は多岐にわたり、難解なテーマも取り上げられているが、常にその背景にあるのは、この〈主観的時間〉という自分の時間をいかに彩り、文学という営為にフィードバックさせるかという意識である。筆者がこだわるのは単に時間の問題なのではなく、そこに関わる〈言葉〉なのである。

言葉が生まれるところに、初めて時間というものが生まれるのだ。だから、小説家の仕事は、時間を彫りあげている彫刻家の仕事と同じだと言ってもいい。だとすれば、仮に小説というジャンルが命脈が尽きていたとしても、それに変るものが存在するはずだ。いや、それに変るものを発見しなければならない。

ただ筆者は答えを導き出すことを留保する。それは、この問題が一概に解決できるようなものではないからであろうし、また筆者自身も述べるように〈静かなものが好まれない時勢には残念ながら表現のかたち、つまり形式を探るにはあまり良い潮時ではない〉からだろう。しかし、この探求はまさしく作家という人間が生きるための術を探していることに他ならない。作家は言葉を生み出すことで生きている。その言葉によって〈主観的時間〉は生み出される。言葉のないところに「私」の時間は存在しえないのである。質量を持ち、歪みながらも、確固として存在するその時間を自分の時間とするために、筆者は書くという行為を続け、新しい表現が現われるのを待っているのである。そのためには言葉が手触りを持つものとしてとらえなおされなければならない。言葉が実体を伴わない限り、言葉によって肌で感じられる時間は存在しないからである。

クロノスに代わるべき「言葉」は果たして見つかるのだろうか。祝祭の時間は過ぎ、人々はようやく再び自分の足元を見つめ始めたようだ。しかし、世の中の言葉はいまだ軽薄に時間の流れを追い、上滑りをしているだけのように見える。「言葉」が「時間」を生むその瞬間を、中沢けいは待ち続けているのかもしれない。

（二松学舎大学東アジア学術総合研究所助手）

『人生の細部』――新しい表現へ――

遠藤郁子

『人生の細部』（青土社、01・1）には、中沢けいがこれまでに執筆してきた文庫本の「解説」などがまとめて収められている。普通、文庫本の「解説」は、その文庫本に収録されている作品本文とセットで読まれるものだ。文庫本を手に取った読者にとって、作品の付属物のようなものといえるかもしれない。しかし、こうして一人の作家が書いたさまざまな文庫「解説」が、一冊の本に集められてみると、作家が書く「解説」の別の楽しみを味わうことができる。それぞれの作品との従属関係から解き放たれた「解説」は、その書き手・中沢けいの、作家としての横顔を色濃く映し出すのである。自身も小説の書き手である中沢けいが、誰の小説についてであれ、小説というものについて語るとき、そこには中沢自身の小説論が自ずと反映されてくる。この本に収められている文章の一つ一つには、中沢けいという一人の作家が、小説というものに対してどのような問題意識をもち、どのような姿勢で取り組もうとしているのかが、刻み込まれているといえるだろう。

この本では、林芙美子・室生犀星・田村俊子・平林たい子・竜丹寺雄など、戦前に活躍した作家が比較的に多く取り上げられている。そのこともあり、現代文学の立場から、近代文学をどう読みどう受け取るのかという問題が、全体の一つの焦点となっているようにも読める。この本に収められたいくつかの「解説」には、中沢が「解説」を書くことになる以前に、初めてその作品と出会ったときのエピソードが挿入されている。それを読むだけでも、中沢けいという作家が、まずは近代文学の熱心な読者であったということを窺い知ることができ、中沢文学の根底に近代文学が根付いていることを意識させられる。ふり返ってみると、この『人生の細部』のちょうど一年前に刊行されたエッセイ集『時の装飾法』（青土社、00・1）でも、中沢は、作家活動に入った頃のことについて、〈小説を書き出したばかりで、さしあたり模倣で充分だと考えていた〉という興味深い述懐をしている。そして、その模倣の対象としたのは、〈第二次世界大戦の影響をこうむる前のもの〉だったという。

しかし、その模倣のなかで、中沢は〈近代文学が七、八十年かかって作り上げた短編小説のセオリーをていねいにふまえて行けば、それなりに書ける。（略）既成の形があるだけでなく、何もかもが既成の形にすんなり納まってしまう。にもかかわらず、出来上がったものは、あまりにも作り物めいていて、現実とのずれが激しい〉という不満を抱くことになる。そして、この〈現実とのずれ〉を埋める、現代という新しい〈現実〉を語るための、新しい表現が探求され始めたのだ。この模索は、その後の中沢文学全体を貫く中心的なテーマともいえるものだろう。この模索がその後も誠実に続けられていることは、『人生の細部』における〈せめて、不恰好ながらも今を生きているという実感だけでも正確に掴みたい〉という記述にも表れている。

そしてまた、『人生の細部』の中には、〈私は小説を書き始めた最初の頃から、ここに書き記したような人生の出来事を遠くから眺めるように書きたいと願っていた〉という一文も見つけることができる。中沢は、この願望を突き詰める中で、川端康成の〈末期の眼〉に共鳴している。〈末期の眼〉とは、もともと芥川龍之介が「或旧友へ送る手記」（「文芸春秋」27・9など）で、〈自然の美しいのは、僕の末期の目に映るからである〉と使ったものだ。死ぬことばかりを考えているという芥川が、〈僕の今住んでゐるのは氷のやうに透み渡つた、病的な神経の世界〉だと記したことをうけ、川端は「末期の眼」（「文芸」33・10）と題したエッセイで、そうした〈氷のやうに透み渡つた〉世界への到達を、〈あらゆる芸術の極意〉と評したのである。

中沢は、『人生の細部』において、〈なんとかして、川端の言う「末期の眼」というやつを、今の、この時代にふさわしい生々とした表現をあたえて、生き返らせたい〉と語っている。こうした中沢の文学的取り組みには、近代文学を継承し乗り越えていこうとする一人の現代作家の姿を、見出すことができるだろう。

第二次世界大戦という大きな過ちを経験した戦後日本には、人々を戦争に向かわせた近代をとにかく否定し壊すことをよしとする時代風潮があった。しかし、中沢は、そうした風潮とは一線を画し、近代文学の歴史を単に否定し壊すのではなく、継承し、問い直そうとした数少ない作家の一人なのかもしれない。そして、中沢のこうした継承と問い直しの姿勢は、単に彼女一人の個人的な資質に帰すべき問題ではなく、現代において、日本文学全体が直面している危機的状況にも深く関わる問題であるといえよう。

ミラン・クンデラは『裏切られた遺言』（集英社、94・12）において、〈私は小説家としてつねに歴史のなかに、つまり道の中途にあり、私に先行した者たちと、さらにおそらく（それより少ないが）あとにやって来るであろう者たちとさえ対話していると感じてきた〉と述べている。〈歴史〉といっても、〈人間には統御できない異質の力として人間に押しつけられる〉いわゆる人類の〈歴史〉のようなものではない。そうした〈非人間的な力〉に対抗する〈人間の自由、完全に個人的な人間の創造、人間の選択〉から生じる〈たえざる創造と再創造〉に向かう〈小説の歴史〉のことである。〈偉大な作品はその芸術の歴史のなかで、その歴史に参加することによってしか生まれえない〉というのが、クンデラの主張だ。しかし、現実には〈今日の小説の制作の大半は、小説の歴史の外にある小説によってなされている〉ということが、クンデラに小説の〈終焉〉という危惧を抱かせている。

クンデラは慎重に、ヨーロッパ小説に限定した〈個人的〉な発言としているが、彼の危惧は、まさに日本の現在の文学状況にも重なるものだろう。毎年多くの小説が出版され、中には大ヒットを記録する小説もある。しかし、その多くは、クンデラの言う〈小説の歴史の外にある小説〉、〈新しいことをなにも語らず、どんな審美的な主張もなく、私たちの人間理解にも小説形式にもどんな変化ももたらさず、互いに相似かよっていて、朝に完全に消費され、晩に完全に捨てることのできるもの〉になってしまっているのではないだろうか。

一九八〇年に『日本近代文学の起源』（講談社、80・8）を刊行した柄谷行人が、二〇〇五年には『近代文学の終り』（インスクリプト、05・11）を発表するに到ったということも、象徴的な出来事といえるかもしれない。この本の中で、柄谷は、〈「文学」が倫理的・知的な課題を背負うがゆえに影響力をもつというような時代は基本的に終っています。その残影があるだけです〉というシビアな現状認識を述べている。たしかに、近代文学が、近代社会において持ちえたような強靭な影響力を、現代文学に同じように期待することはできないかもしれない。しかし、だからといって、文学にできることは、本当にもう残ってはいないのだろうか。人間が言葉を使い続ける以上、言葉の芸術である文学にしかできないことが尽きることはないと考えることはできないか。

クンデラがいうように、現代小説が〈小説の歴史の外にある〉としたら、まずは、それに対抗しうる〈小説の歴史〉の《内》にある小説が生み出し続けられねばならないだろう。そして、『人生の細部』に表された、近代文学の受容を含む中沢の一連の姿勢は、〈小説の歴史〉をつなぐということで考えると、非常に重要な意味があろう。『人生の細部』において、中沢けいは〈たとえ興奮と熱狂の近代文学の創世記が終りを告げたとしても、日々の生活が新たになる以上、我々の生活に新規な喜びや哀しみがつけ加えられることが続くならば、それにふさわしい表現が生み出されなければならない〉と記している。中沢における、新しい〈現実〉を語るための新しい表現の探求は、今後、〈小説の歴史〉にどのように刻まれ得るだろうか。

（専修大学人文科学研究所特別研究員）

中沢けい 主要参考文献

遠藤郁子

論文・評論

高橋広満「中沢けい―『海を感じる時』の私」（「国文学」〈臨時増刊〉84・3）

絓 秀美「新刊繙読 フェミニズムと禁忌」（「海燕」86・11）

鈴木貞美「中沢けい論―ブンガクすること」（「文芸」86・12）

小林 茂「狐・狐たち・およびアノニマの声―『シングル・セル』『静謐の日』を読む」（「早稲田文学」87・1）

千石英世「小説の不倫―中沢けい『顔の灯り』をめぐって」（「群像」88・4）

堀江敏幸「中沢けいの悪意は美しい」（『現代文学で遊ぶ本』ＪＩＣＣ出版局、89・2）

奥出 健「『中沢けい』論―『性』から文体まで」（「解釈と鑑賞」〈別冊〉91・5）

近藤裕子「作家案内―中沢けい 中沢けいという文体」（『海を感じる時・水平線上にて』講談社文芸文庫、95・3）

小林広一「孤立＝中沢けい」（「国文学」96・8）

近藤裕子「作家ガイド―中沢けい」（『女性作家シリーズ22 中沢けい・多和田葉子・荻野アンナ・小川洋子』角川書店、98・2）

海老原由香「中沢けい」（「国文学」〈臨時増刊〉99・2）

坂本哲郎「現代文学に描かれた房総（三）―女流作家の作品」（聖徳大学短大部「文学研究」03・2）

書評・解説・その他

秋山 駿「文芸時評〈上〉」（「読売新聞」〈夕刊〉78・5・24）

秋山 駿「文芸時評〈下〉」（「読売新聞」〈夕刊〉78・5・25）

奥野健男「文芸時評」（「サンケイ新聞」〈夕刊〉78・5・29）

柄谷行人「文芸時評」（「東京新聞」〈夕刊〉78・5・30）

江藤 淳「文芸時評6月〈下〉」（「毎日新聞」〈夕刊〉78・5・31）

佐々木基一・佐多稲子・島尾俊雄・丸谷才一・吉行淳之介「選評（第二十一回群像新人文学賞発表）」（「群像」78・6）

菊田 均「文芸時評」（「日本読書新聞」78・6・5）

佐佐木幸綱　「文芸〈六月〉人物がいて社会がない―最近の若い人たちの小説を読んで」（「週刊読書人」78・6・5）
川村二郎　「'78文芸時評（七）」（「文芸」78・7）
藤枝静男・秋山駿・黒井千次　「創作合評31　小説の今日的感受性」（「群像」78・7）
――「身体と精神とのせめぎあい―中沢けい著『海を感じる時』」（「日本読書新聞」78・7・24）
秋山　駿　「『海を感じる時』中沢けい―若者の生を描いてひと味違う一八歳の感覚」（「朝日ジャーナル」78・8・11）
三枝和子　「中沢けい著『海を感じる時』―生き生きと躍動する感性」（「週刊読書人」78・8・28）
高野庸一　「中沢けい著『海を感じる時』―新しい青春小説　時代状況の老骸を無意識に表出」（「図書新聞」78・9・9）
菅野昭正　「《新著月評》小説の視野について―中沢けい『海を感じる時』」（「群像」78・10）
大庭みな子・柄谷行人・上田三四二　「創作合評34―母と娘の世界」（「群像」78・10）
中島　梓　「適確に捉えた『十八歳』の季節の心理―中沢けい著『海を感じる時』」（「50冊の本」78・10）
川村二郎　「昭和五十三年度の文学―煉獄の作家たち」（「文学界」79・1）
池田　稔　「『海を感じる時』中沢けい」（「暮しの手帖」79・3）
奥野健男　「文芸時評」（「サンケイ新聞」〈夕刊〉79・3・26）
秋山　駿　「文芸時評〈下〉」（「読売新聞」〈夕刊〉79・3・27）
桶谷秀昭　「文芸時評―日常にかげる憂愁」（「中日新聞」〈夕刊〉79・3・27）
川村二郎　「'79文芸時評（四）」（「文芸」79・5）
藤枝静男・磯田光一・岡松和夫　「創作合評41―中沢けい『余白の部分』」（「群像」79・5）
饗庭孝男・黒井千次　「対談時評―感性と表現―中沢けい『余白の部分』」（「文学界」79・5）
奥野健男　「文芸時評」（「サンケイ新聞」〈夕刊〉80・6・24）
秋山　駿　「文芸時評〈下〉」（「読売新聞」〈夕刊〉80・6・26）
黒井千次・三木卓・佐木隆三　「創作合評56―中沢けい『海上の家』」（「群像」80・8）
秋山　駿　「文芸時評〈下〉」（「読売新聞」〈夕刊〉80・12・23）
秋山駿・清水邦夫・月村敏行　「創作合評62―中沢けい『野ぶどうを摘む』」（「群像」81・2）
秋山　駿　「文芸時評〈上〉」（「読売新聞」〈夕刊〉81・5・

25）
秋山　駿「文芸時評〈下〉」（「読売新聞」〈夕刊〉81・5・26）
――「失って知る父親の存在―中沢けい著『野ぶどうを摘む』」（「朝日新聞」81・6・22）
佐々木基一・三木卓・磯田光一「創作合評67―中沢けい『女ともだち』」（「群像」81・7）
川村二郎「'81文芸時評（七）」（「文芸」81・7）
藤枝静男「神経のよく通った描法―中沢けい『野ぶどうを摘む』」（「群像」81・8）
秋山　駿「スカッとさわやか女の生の断面―中沢けい『野ぶどうを摘む』」（「週刊朝日」81・8・7）
――「作家、学生そして主婦―中沢けいの新婚生活」（「週刊新潮」81・8・13）
佐藤忠男「『野ぶどうを摘む』中沢けい著」（「婦人公論」81・9）
――「いま、幸せの海に船を出して―中沢けいさん・作家（生き生き最前線）」（「キラキラ通信」81・10）
上田三四二「途上の性―中沢けい『女ともだち』」（「群像」82・1）
秋山　駿「気怠い日常に小さなショートが―中沢けい『女ともだち』」（「週刊朝日」82・1・15）
黒井千次・大庭みな子・佐々木基一「読書鼎談―中沢けい『女ともだち』」（「文芸」82・2）
和田　勉「中沢けい」（「解釈と鑑賞」82・2）
佐多稲子・上田三四二・川村湊「創作合評85―中沢けい『手のひらの桃』」（「群像」83・1）
上田三四二「『ひとりでいるよ一羽の鳥が』中沢けい」（「群像」83・8）
古井由吉「文芸時評〈下〉」（「朝日新聞」〈夕刊〉83・8・26）
高橋昌男「『ひとりでいるよ一羽の鳥が』中沢けい―次なる日常に向かって跳躍する時機に」（「朝日ジャーナル」83・9・23）
川西政明「中沢けい『ひとりでいるよ一羽の鳥が』」（「海」83・10）
山本容朗「中沢けい」（「潮」84・4）
川村二郎「解説」（『海を感じる時』講談社文庫、84・6）
川村二郎「解説」（『野ぶどうを摘む』講談社文庫、84・10）
高橋英夫・田久保英夫・川村二郎「創作合評110―中沢けい『水平線上にて』」（「群像」85・2）
――「『水平線上にて』中沢けい著―青春を拒否した青春小説」（「毎日新聞」85・5・27）
秋山　駿「女流文学の新しい波がここにある―中沢

けい『水平線上にて』・増田みず子『家の匂い』」（「週刊朝日」85・6・7）

勝又 浩「海を感じる人―中沢けい『水平線上にて』」（「群像」85・7）

篠崎武士「『水平線上にて』中沢けい著」（「潮」85・7）

高橋敏夫「『水平線上にて』中沢けい」（「すばる」85・7）

立松和平「『水平線上にて』中沢けい―目のつんだ強い布」（「新潮」85・7）

秋山駿・磯田光一・川村二郎・佐伯彰一・高橋英夫「選考委員のことば」（昭和60年度野間文芸新人賞決定）（「群像」86・1）

黒井千次「解説」（『ひとりでいるよ 一羽の鳥が』講談社文庫、86・10）

勝又 浩「最も高級、最も先鋭的なスタイルの文学―中沢けい『静謐の日』」（「週刊読書人」86・10・20）

身延典子「中沢けい著『静謐の日』―はりつめた聴覚の世界」（「図書新聞」86・10・25）

如月小春「中沢けい著『静謐の日』―狂う日常冷静に描く」（「朝日新聞」86・10・27）

秋山 駿「「現代的」な人生の感触を伝える―中沢けい『静謐の日』」（「週刊朝日」86・11・14）

竹田青嗣・絓秀美・川村湊「座談会―若手作家の現在と批評」（「文芸」86・12）

菅野昭正「原初の光景―中沢けい『喫水』」（「群像」88・7）

白川正芳「『喫水』中沢けい著―都会でひとり暮らす若い女性の内面描く」（「日本経済新聞」88・7・3）

金子昌夫「『喫水』中沢けい著」（「婦人公論」88・8）

雨矢ふみえ「通奏低音の波型―中沢けい著『曇り日を』」（「図書新聞」89・1・28）

千石英世「声の浸透―中沢けい『曇り日を』」（「群像」89・3）

渡部直己「語りの微熱―『曇り日を』中沢けい」（「新潮」89・3）

司 修「解説」（『喫水』集英社文庫、91・7）

――「中沢けい著『首都圏』―都市が見た『女の生きざま』」（「読売新聞」91・9・30）

川村二郎「『首都圏』中沢けい著―現代都会生活の様相写し取る」（「日本経済新聞」91・10・6）

奥出 健「中沢けい著『首都圏』―〈私〉をめぐる深い闇」（「週刊読書人」91・10・28）

森 孝雅「神経の叢の中で―中沢けい『首都圏』」（「群像」91・11）

古橋信孝「意識の総体―中沢けい『仮寝』」（「群像」

93・8）
荻原雄一「中沢けい著『仮寝』—自我を他我へ融かす試み」（「週刊読書人」93・8・23）
大江健三郎「文芸時評〈下〉フェミニズムの文体」（「朝日新聞」93・8・26）
江代 充「童心のゆくえ—『仮寝』中沢けい」（「新潮」93・9）
千石英世「今月の文芸書—中沢けい『仮寝』」（「文学界」93・9）
山崎行太郎「『仮寝』中沢けい」（「すばる」93・9）
夫馬基彦「事実と小説の間—中沢けい『楽譜帳 女ともだちそれから』」（「群像」94・10）
山崎行太郎「『楽譜帳 score《女ともだちそれから》』中沢けい」（「すばる」94・10）
三枝和子・金井美恵子・高橋源一郎「創作合評227—中沢けい『豆畑の夜』」（「群像」94・11）
江中直紀「十三年ののちに—『楽譜帳 女ともだちそれから』中沢けい」（「新潮」94・11）
勝又 浩「解説—エデンの園の記憶」（『海を感じる時・水平線上にて』講談社文芸文庫、95・3）
近藤裕子「著書目録—中沢けい」（『海を感じる時・水平線上にて』講談社文芸文庫、95・3）
佐藤洋二郎「自閉の先に寂寥感—中沢けい『夜程』」（「図書新聞」95・4・15）
村上義雄「作家、中沢けい—混沌とした海の中で（現代の肖像）」（「Aera」95・4・24）
室井光広「解説—地図と天気図」（『首都圏』集英社文庫、95・6）
芳川泰久「『夜程』中沢けい」（「すばる」95・6）
芳川泰久「言葉の“免疫”の行方—中沢けい『豆畑の夜』」（「群像」95・8）
千石英世「今月の文芸書—『豆畑の夜』中沢けい」（「文学界」95・9）
菅野昭正「日常のロマネスク—中沢けい『豆畑の夜』」（「すばる」95・9）
高井有一・岩橋邦枝・辻原登「創作合評244—『砂と蟻』中沢けい」（「群像」96・4）
高橋敏夫「神秘から、寂しい好奇心へ—中沢けい『占術家入門報告』」（「すばる」96・12）
——「達人たちはこう使っている—中沢けい（インターネット楽々生活）」（「Aera」97・3・5）
近藤裕子「中沢けい 略年譜」（『女性作家シリーズ22 中沢けい・多和田葉子・荻野アンナ・小川洋子』角川書店、98・2）
佐藤洋二郎「解説」（『楽譜帳 女ともだちそれから』集英

社文庫、98・3）
川村二郎・三枝和子・清水良典「創作合評275――『夜の椅子』中沢けい」（「群像」98・11）
黒井千次・増田みず子・富岡幸一郎「創作合評279――『豆畑の昼』中沢けい」（「群像」99・3）
清水良典「『豆畑の昼』中沢けい著―房総舞台に日本近代の発展“批評”」（「日本経済新聞」99・5・30）
高井有一「『豆畑の昼』中沢けい著―生き難い現代を反映する作風」（「毎日新聞」99・6・6）
増田みず子「遠くまでうつしとる言葉―中沢けい『豆畑の昼』」（「波」99・7）
金井景子「響き合うための密やかな実験―中沢けい著『豆畑の昼』」（「図書新聞」99・7・10）
佐藤洋二郎「静かな『生』と『性』のぶつかり―中沢けい『豆畑の昼』」（「すばる」99・8）
堀江敏幸「闇を抱えた昼―ふたつの豆畑から」（「太陽」99・10）
芹沢俊介「女の私性の時間が酵母のように発酵する―中沢けい『さくらささくれ』」（「群像」00・1）
坂村健・中沢けい「ビッグ対談（前編）―21世紀、パソコンは消えます」（「週刊読売」00・1・23）
坂村健・中沢けい「ビッグ対談（後篇）―情報独占の権力者は消える」（「週刊読売」00・1・30）
久世光彦「『時の装飾法』中沢けい著―妙に人が恋しくなる《ニキビ》の独り言」（「朝日新聞」00・2・13）
城戸朱理「細やかで語りがたいことの恐さ―中沢けい『さくらささくれ』」（「すばる」00・3）
山崎行太郎「時間をめぐる純文学的思考の現象学―中沢けい著『さくらささくれ』『時の装飾法』」（「図書新聞」00・4・15）
茂木大輔・中沢けい「対談 伸び盛りの輝き」（「波」00・7）
津島佑子「文芸時評―風土と『個体』」（「朝日新聞」〈夕刊〉00・7・27）
青木千恵「『楽隊のうさぎ』―輝かしい思春期描く物語」（「産経新聞」00・9・4）
武田信明「中沢けい」（『現代女性作家研究事典』鼎書房、01・9）
勝又浩「解説」（『楽隊のうさぎ』新潮文庫、03・1）
津島佑子・中沢けい「対談 信用できます！ 現代女性作家の視点」（「本の窓」04・5）
伊藤比呂美「音や匂いや季節の花々―中沢けい『うさぎとトランペット』」（「波」05・1）
（専修大学人文科学研究所特別研究員）

中沢けい 年譜

遠藤郁子

一九五九（昭和三十四）**年**

中沢けい（本名・本田恵美子）は、十月六日、神奈川県横浜市金沢区に父・本田武、母・綾子の長女として生を受ける（二歳下に弟が一人）。

一九六六（昭和四十一）**年　七歳**

三月、千葉県館山市に転居、父が釣船屋を開業した。以後、高校卒業までこの地で過ごすことになる。四月には、市立船形小学校に入学した。

一九六七（昭和四十二）**年　八歳**

十一月、市立北条小学校に転校。四年生からワンダーフォーゲル部に入部。

一九七〇（昭和四十五）**年　十一歳**

九月八日、父が心臓麻痺で急逝。この早すぎる父の死と残された母との葛藤、その記憶につながる館山の海のイメージは、その後の中沢文学の主要なテーマとして、繰り返し取り上げられていくことになる。

一九七二（昭和四十七）**年　十三歳**

四月、館山第二中学校に入学。読書は多岐にわたるが、翻訳物はあまり読まず、徳田秋声や宇野浩二を愛読したという。

一九七五（昭和五十）**年　十六歳**

四月、千葉県立安房高等学校に入学。高校一年のときに、母が初めての脳溢血発作に襲われた。また、二年次では生徒会副会長を務める。高校時代は文芸部に所属し、同人誌「シジフォス」や「深水」などに詩を発表。この頃、大江健三郎、高橋和巳、吉本隆明らの著作に親しむ一方、読書の延長として、小説の執筆を試み始める。

一九七八（昭和五十三）**年　十九歳**

三月、千葉県立安房高等学校卒業し、四月、明治大学政治経済学部政治学科（二部）入学。北千住に家を借り、昼は書籍関係の運送会社に勤務し、夜は大学に通う二重生活の中で、暇を見つけては小説を書き綴るという生活を送るようになる。高校在学中に応募した「海を感じる時」が、四月、第二十一回群像新人賞を受賞。六月の「群像」掲載とほぼ同時という異例の早さで単行本化（講談社、6）され、十八歳の少女作家のデビュー作として注目を集めた。この単行本は、六十万部のベストセラーとなった。五月、新小岩に転居。七月末には会社を退職し、本格的に執筆活動を開始する。八月、「女性セブン」の企画でフランソワーズ・サガンと対談。同月、西荻窪に転居。

一九七九（昭和五十四）**年　二十歳**

八月、母を伴い初めての海外旅行。ドイツ・フランクフルトに二週間滞在する。

一九八一（昭和五十六）**年　二十二歳**

夏、出版社勤務の成田守正と結婚。和光市に居を構え、中板橋の仕事場と往復しながら執筆活動を続ける。短編集『野ぶどうを摘む』（講談社、6）、長編『女ともだち』（河出書房新社、11）を刊行。中沢けい自身は、「女ともだち」のころまでを、小説のオーソドックスな技法を模倣していた時期として位置付けており、この作品以降、技術的に自由になったとしている（『現代作家インタビュー集』丸善、00・7）。

一九八二（昭和五十七）**年　二十三歳**

一月、長男・史由記を出産。大学の留年が決定。

一九八三（昭和五十八）**年　二十四歳**

三月、明治大学政治経済学部を卒業。五月、長女牧葉を出産。七月、母が三度目となる脳血栓の発作に倒れ、半身麻痺、寝たきりの状態となる。短編集『ひとりでいるよ一羽の鳥が』（講談社、6）、エッセイ集『風のことば海の記憶』（冬樹社、12）を刊行。

一九八四（昭和五十九）**年　二十五歳**

四月、旧姓使用の希望から籍をぬく。

一九八五（昭和六十）**年　二十六歳**

一月、母が死去。長編小説『水平線上にて』（講談社、4）刊行。この作品は、「海を感じる時」いらい反復してきた題材の集大成であると同時に、作風の一つの転換点でもある。以後、数年にわたり、小説の枠組を壊す文体の試みがなされていく。十月、対談やエッセイなどを収録した『セリ・シャンブル1　中沢けい・田中りえの部屋』（旺文社、10）が刊行された。十一月、『水平線上にて』で第七回野間文芸新人賞を受賞。

一九八六（昭和六十一）**年　二十七歳**

十月、事実上の離婚に至る。十一月三十日、東京・有楽町の朝日ホールで開かれた「教育シンポジウム―子どもは、どこで育つのか」（主催＝朝日新聞社、財団法人小平記念会）に参加。エッセイ集『往きがけの空』（河出書房新社、1）、短編集『静謐の日』（福武書店、9）刊行。

一九八八（昭和六十三）**年　二十九歳**

六月十一日、東京・駒場の日本近代文学館主催「太宰治展―没後四十年」の記念講演会で〈若い読者にとっての太宰治〉の題で講演。長編小説『喫水』（講談社、

5）、短編集『曇り日を』（福武書店、12）を刊行。

一九八九（昭和六十四・平成一）**年　三十歳**

第一回愛のサン・ジョルディ賞の選考委員に。エッセイ集『遊覧街道』（リクルート出版、5）を刊行。

一九九〇（平成二）**年　三十一歳**

四月から三年間（一九九三年三月まで）、朝日新聞の書評委員を務める。同月十二・十三日、朝日新聞社・東京ドイツ文化センター主催、日独国際シンポジウム「明日をひらく女性―日本とドイツの視点」（DIE FRAU GEGENMART UND ZUKUNET）に参加。

一九九一（平成三）**年　三十二歳**

八月二日、日本近代文学館主催「夏の文学教室」で、〈島崎藤村―『新生』〉の題で講演。短編集『首都圏』（集英社、9）を刊行

一九九二（平成四）**年　三十三歳**

「掌の桃」がドイツ語に翻訳される。

一九九三（平成五）**年　三十四歳**

七月三十日、「夏の文学教室」で、〈大江健三郎―『万延元年のフットボール』〉の題で講演。八月から、朝日カルチャーセンターで小説作法の講師に。九月七～十日、韓国済州島西帰浦で行われた第二回日韓文学シンポジウムに参加。その折、「環状線」が韓国語に翻訳される。短編集『仮寝』（講談社、6）、エッセイ集『男の背中』（日本文芸社、10）を刊行。

一九九四（平成六）**年　三十五歳**

エッセイ集『親、まあ』（河出書房新社、1）、『女ともだち』の続編『楽譜帳 score　女ともだちそれから』（集英社、8）を刊行。

一九九五（平成七）**年　三十六歳**

四月、群像新人賞選考委員に就任（一九九九年まで）。七月二十五日、「夏の文学教室」で、〈吉行淳之介―『暗室』〉と題して講演。九月九日、谷川俊太郎、安岡章太郎らと自作の朗読会「第二回声のライブラリー」（日本近代文学館主催）に参加、「さくらささくれ」を朗読。十一月十五～十九日、島根県松江市で行われた第三回日韓文学シンポジウムに参加。短編集『夜程』（日本文芸社、3）、作品集『豆畑の夜』（講談社、6）を刊行。

一九九六（平成八）**年　三十七歳**

四月、日本大学芸術学部芸術学科講師に就任。小説論や小説創作論などを担当。また、四月から十月まで、慶應大学文学部で佐藤春夫講座の講師も務める。六月、原稿作成にパソコンを使い始める。七月十三日、東京都杉並区、明治大学和泉校舎で行われた「千年紀文学」創刊（一九九六年二月）を記念したシンポジ

ウム「文学半世紀の経験から21世紀へ」に参加。九月から、パソコン通信の電子会議機能を使った書評、読売新聞のマルチ読書委員に就任した。十一月二日、第十一回東横学園女子短期大学女性文化研究所公開講座「二十一世紀の女性文学―新しいジェンダー論のために」のシンポジウム「女性文学の現在」に参加。長編小説『占術家入門報告』（朝日新聞社、1）を刊行。

一九九七（平成九）**年**　**三十八歳**

四月、法政大学文学部の非常勤講師となる（二〇〇五年四月から専任教授に就任）。日本文章史や創作指導などを担当。また、この年から関東学院大学女子短期大学文学部の講師にも就任し、夏季の集中講義を担当（二〇〇〇年三月まで）。七月二十五日、日本近代文学館主催「夏の文学教室」で、〈林芙美子―海外を視る女性の眼〉の題で講演。十一月三～六日、韓国慶州で行われた第四回日韓文学シンポジウム「倫理の変化と文学」に参加。十二月五日、東京・TEPIAで開催されたTRONSHOW '97のシンポジウム「文章を書くためのコンピュータ」に参加。

一九九八（平成十）**年**　**三十九歳**

一月二十二日、東京・半蔵門で行われた日本文芸家協会主催の「漢字を救え！　文字コード問題を考えるシンポジウム」に参加。四月から、明治大学政治経済学部非常勤講師として、日本文学などを担当（二〇〇五年三月まで）。十月、朝日新聞社「紙面審議会」の第十期委員に就任（その後、第十一期も継続し、二〇〇〇年九月まで務める）。十月二十一日、電子出版学校「コンテンツビジネス講座」（全十二回）の第三講座、デジタルコンテンツ論〈コンピュータと文学〉のテーマで講義。全集『女性作家シリーズ22　中沢けい・多和田葉子・荻野アンナ・小川洋子』（角川書店、1）が刊行。

一九九九（平成十一）**年**　**四十歳**

八月、初の新聞連載小説「楽隊のうさぎ」を「東京新聞」夕刊（8・16～00・2・19）のほか、「北海道新聞」「中日新聞」「西日本新聞」「河北新報」「神戸新聞」に同時発表。この連載をきっかけに、短く軽い文体への新たな模索が始まる。画文集『七つの音―有元利夫の世界を奏でる』（有元利夫画、中沢けい文、講談社、1）、長編小説『豆畑の昼』（講談社、4）、短編集『さくらささくれ』（講談社、11）、エッセイ集『時の装飾法』（青土社、12）を刊行。

二〇〇〇（平成十二）**年**　**四十一歳**

五月、日本文芸家協会の理事に就任する。五月三十～六月三日、青森県青森市で行われた「日韓文学シンポジウムin青森」(日韓文学シンポジウム実行委員会主催)に参加。六月十八日、昭和女子大学で開催された「川端文学研究会創立30周年記念大会―川端康成の遺産―」で、〈文学のストックとフロー〉の題で発表。『楽隊のうさぎ』(新潮社、6)を刊行。ビデオ『現代作家インタビュー・作家ほっとタイム―中沢けい』(丸善、7)発売、デビューからの二十年を振り返り語られている。掌編小説集『街物語』(ねじめ正一他著、朝日新聞社、9)に「金沢八景」が収録される。

二〇〇一(平成十三)**年　四十二歳**

二月十七日、青森県青森市で開催された日韓パフォーミングアーツフェスタ「祈りのかたち」(「青森発、日韓未来潮流実行委員会」主催)において、「身体・音霊・言霊」と題したシンポジウムに、弘前市在住の詩人泉谷明、韓国の詩人黄芝雨氏などと参加。五月二十六日、第九回野間宏の会(東京・九段北)で〈戦中日記と野間宏〉をテーマに講演。九月十一〜十五日に中国北京で開催された中国社会科学院外国文学研究所主催の「日中女性文学シンポジウム・北京」に参加。「性差による抑圧から豊かさへ」がテーマ。また、『中日女作家新作大系』(中国方阵出版社、9)の一冊として、「海を感じる時」など数編が中国語に翻訳出版された。十二月二十六日、朝日カルチャーセンター(東京)で作家の大岡玲と対談(「どうやって小説の書き方を覚えたか」)。この年、新沖縄文学賞の選考委員となる。評論集『人生の細部』(青土社、1)を刊行。『絵本・新編グリム童話選』(毎日新聞社、7)において、「つぐみひげの王様」を再話。短編集『月の桂』(集英社、11)刊行。

二〇〇二(平成十四)**年　四十三歳**

五月三十日、朝日カルチャーセンターで行われた公開講座「対談・源氏物語の中の普通の人々」で秋山虔と対談。六月五日、第四十一回表現学会全国大会(明治大学駿河台キャンパス)において〈主観と客観―主観表現の恢復に向けて―〉の題で講演。九月二十二日、朝日新聞社主催のシンポジウム「市民とメディアのいま―新聞週間を前に」(東京・築地)にパネリストとして参加。九月、「第二回日印作家キャラバン」に参加してインド旅行。十一月、埼玉のさまざまなジャンルの文芸家が交流する組織・埼玉文芸家集団が発足、会員となる。十二月八日、未来社主催・東京外国語大学府中キャンパスでのシンポジウム「沖縄「復帰」後30年―記憶と映像Ⅲ」に司会として参加。

二〇〇三(平成十五)**年　四十四歳**

二月十日、新宿紀伊国屋ホールで行われた日本文芸家協会のシンポジウム「書籍流通の理想をめざして」で司会を務める。四月、放送による人権侵害の申し立てに対応する第三者機関・放送と人権等権利に関する委員会機構の《放送と人権等権利に関する委員会》新委員となる（任期三年）。また、この年の後期から、明治大学リバティ・アカデミー講座「作家と読む源氏物語」の講師となる。十一月九日、山形県山形市で開かれた日印作家キャラバン二〇〇三に参加。シンポジウム第二部「水と文学」のメインスピーカーを務める。十一月二十二日、野口冨士男文庫講演会「『なぎの葉考』を読む」（越谷市立図書館）で講演。絵本『おいらはトムベエ』（中沢けい文、オリガ・ヤクトーヴィチ絵、福音館書店、10）を刊行。

二〇〇四（平成十六）**年　四十五歳**

一月二十二日、中沢けい公式ウェブサイト「豆畑の友」開設。四月十七日、明治大学駿河台校舎で行われた二〇〇四年度リバティアカデミー開講式で、堀江敏幸と読書対談「大人の読書　知のたしなみ」。六月二十九日、シンポジウム「私たちは、『日本の古典文学』をこう読んだ」（東京・青山）に参加。八月十八日、山梨県立文学館主催のシンポジウム「『女』にとって文学とは何か～樋口一葉をめぐって～」にパネラーとして参加。十一月十四日、シンポジウム「現代女性作家が語る日本文学」（熊本県立図書館）に参加。女性の作家、詩人、研究者などが集った『テーマで読み解く日本の文学』上下（大庭みな子他編、小学館、6）、『楽隊のうさぎ』の続編にあたる『うさぎとトランペット』（新潮社、12）を刊行。

二〇〇五（平成十七）**年　四十六歳**

六月四日、仙台文学館主催の文学サロン「現代作家が読み解く古典文学」に参加。十一日、「豆畑の友」主催で「豆畑の朗読会」（東京・神田）を開催、平成十八年度版の中学校国語教科書（『国語2』光村図書）に書き下ろした「雨の日と青い鳥」を朗読。

※年譜作成にあたり、中沢けい氏のご教示を得たほか、近藤裕子作成の年譜（『女性作家シリーズ22』講談社文芸文庫『海を感じる時・水平線上にて』収録）、武田信明「中沢けい」（『現代女性作家研究事典』鼎書房）などを参照した。

（専修大学人文科学研究所特別研究員）

現代女性作家読本 ⑩
中沢けい
発　行――二〇〇七年四月一〇日
編　者――与那覇恵子
発行者――加曽利達孝
発行所――鼎　書　房　http://www.kanae-shobo.com
〒132-0031 東京都江戸川区松島二-一七-二
TEL・FAX 〇三-三六五四-一〇六四
印刷所――イイジマ・互恵
製本所――エイワ
表紙装幀――しまうまデザイン
ISBN4-907846-41-X　C0095

現代女性作家読本（全10巻）

原善 編「川上弘美」
髙根沢紀子 編「小川洋子」
川村湊 編「津島佑子」
清水良典 編「笙野頼子」
清水良典 編「松浦理英子」
与那覇恵子 編「髙樹のぶ子」
髙根沢紀子 編「多和田葉子」
川村湊 編「柳美里」
原善 編「山田詠美」
与那覇恵子 編「中沢けい」

現代女性作家読本 別巻①
武蔵野大学日文研 編「鷺沢萠」